AF393783

Bibliografische Information der Deutschen Nationalbibliothek:
Die Deutsche Nationalbibliothek verzeichnet diese Publikation in der Deutschen Nationalbibliografie; detaillierte bibliografische Daten sind im Internet über dnb.dnb.de abrufbar.

1. überarbeitete Ausgabe 2024

Ein Imprint von JuKi Kinder- & Jugendbuchverlag
Lönsweg 29c | 04821 Brandis
www.juki-verlag.de

Lektorat / Satz & Layout: FairyScript www.fairyscript.eu

Druck und Distribution im Auftrag des Verlages:
tredition GmbH, Heinz-Beusen-Stieg 5, 22926 Ahrensburg, Germany

Michael T. Köhler

Giri

Eine Tintenklecks Erzählung

Heft 3

Konzentriert verbesserte Mick einige Rechtschreibfehler, als sein Telefon klingelte.

„Ja, Phil", antwortete er.

„Du schreibst gerade, stimmt's?"

„Nein, ich korrigiere."

„Bedeutet das, du könntest auf einen Cappuccino ins Spoon Café kommen?"

„Du hast mal wieder einen schwierigen Fall?"

„Genau."

„Gut, ich bin in etwa einer Stunde da."

„Ausgezeichnet. Bis dann!"

„Hallo, Mick!“

„Phil, du hast schon wieder diesen Ausdruck in den Augen“, bemerkte Mick, während er sich setzte.

„Diesen Ausdruck?“

„Nun, nennen wir es eine Mischung aus Hoffnungslosigkeit und Gehetztsein.“

„Oh, Mick. Das trifft es ziemlich genau auf den Punkt.“

Die Bedienung kam und brachte Phil einen Cappuccino.

„Für mich auch einen, bitte.“

„Es gibt zurzeit eine Bande, die Leute entführt und Lösegeld erpreßt.“

„Das klingt nicht gut.“

„So ist es. Die haben bereits vier Entführungen vorgenommen und wir hatten nicht den Hauch einer Chance, ihnen auf die Spur zu kommen, obwohl wir alle diese Fälle begleitet haben.“

„Haben sie die Opfer denn wieder freigelassen?“

„Ja, alle sind wieder frei. Und alle sind so weit unversehrt, auch wenn sie nicht sonderlich gut behandelt wurden. Du kannst dir vorstellen, welcher Druck auf meiner Abteilung lastet. Vier Entführungen und kein Fahndungserfolg.“

„Ich habe in der Presse gar nichts davon gelesen.“

„Das ist der einzige Punkt, in dem wir erfolgreich waren. Alle Entführungen liefen vollkommen diskret ab.“

Der Cappuccino kam.

„Und du möchtest, daß ich mir die Akten ansehe und prüfe, ob ich eine neue Idee habe?“

„Ja, so ist es. Allerdings bin ich einige Schritte weitergekommen. Ich habe vielversprechende Ansatzpunkte.“

„Die sind in den Akten?“

„Ja. Du wirst alles zur Verfügung haben, was ich weiß und herausgefunden habe.“

„Gut, dann gib mir mal die Unterlagen.“

Phil legte einen Ordner auf den Tisch.

„Du weißt, wie immer?“

„Ja, streng geheim. Keine Sorge.“

Phil nickte.

Dann hob er erneut an.

„Da ist noch etwas. Wir haben das Haus der Tsukinos freigegeben. Du kannst mit Miko ihre persönlichen Sachen abholen.“

„Gut. Das wird sie sicher freuen.“

„Miko?"

„Im Wohnzimmer."

Er folgte ihrer Stimme.

Sie saß am Kamin und laß eines seiner Bücher.

„Oh. Habe ich doch einen neuen Fan?"

Vielsagend sah sie auf.

„Nennen wir es Sympathisant, Tintenklecks."

„Das ist immer der erste Schritt. Übrigens, da steht ein Kran vor dem Haus."

„Das Dojo. Du erinnerst dich?"

„Oh. Ich kann also davon ausgehen, daß er da in absehbarer Zeit wieder verschwindet?"

„Das war eine rhetorische Frage, oder?"

„Ja, war es", entgegnete er und ließ sich in dem anderen Sessel nieder.

„Ich hatte heute ein Treffen mit Phil."

„Oh, ein neuer Fall. Los gib die Akte her!", sofort hatte er ihre volle Aufmerksamkeit.

„Entführungen", er reichte ihr den Ordner.

„Schon wieder?"

„Diesmal ist es eine Bande, die immer wieder zuschlägt."

„Okay. Mal sehen, was wir da tun können."

„Miko, Ideen, nur Ideen. Den Rest macht Phil."

„Ja, ja", antwortete sie bereits in der Akte lesend.

„Und sie haben das Haus deiner Eltern freigegeben. Wir können deine Sachen holen."

Unvermittelt klappte sie den Ordner zu und sah ihn ernst an.

„Das ist Vergangenheit. Ich werde nie wieder in dieses Haus gehen."

Es entstand eine Pause.

„Gut, das verstehe ich. Ich kann deine Dinge holen."

Mit einer gewissen Schärfe im Ton reagierte sie augenblicklich auf seinen Vorschlag: „Es gibt nichts, was ich davon benötige. Es ist Vergangenheit und vorbei. Mein Leben ist jetzt hier."

„Aber ..."

„Das Thema ist erledigt, Mick", unterbrach sie ihn, jedes einzelne Wort betonend.

Er schwieg einen Moment. Dann versuchte er sich vorsichtig heranzutasten.

„Miko, ich verstehe, daß du nicht an die dramatischen Ereignisse erinnert werden möchtest, aber es hilft dir wirklich nicht, es mit aller Gewalt zu verdrängen."

Sie sprang auf, warf ihm den Ordner zu und kam nahe an ihn heran. Ihre waldmoosgrünen Augen funkelten.

„Wenn ich sage, das Thema ist erledigt, dann meine ich das auch, Mick. Ich komme klar, auf meine Weise. Ich dachte, ich hätte das bereits unmißverständlich geäußert."

Sie warf ihm noch einen betont vorwurfsvollen Blick zu und verließ den Raum.

Mick vernahm ihre Schritte auf der Treppe und dann das laute Schließen ihrer Zimmertür.

Sein Buch lag auf dem Sessel.

Er atmete tief aus und widmete sich dem Ordner.

Mitten in der Nacht schreckte Mick durch eine Erschütterung geweckt auf. Neben ihm im Bett kniete Miko.

Er rieb sich die Augen.

„Miko! Was machst du hier?"

Ein flüchtiger Blick zur Uhr verriet ihm, daß es kurz nach drei Uhr war.

„Ich kann nicht schlafen", kam mürrisch die Antwort.

Mick stöhnte, dann fiel sein Blick auf den großen Schriftzug auf dem T-Shirt, das sie trug.

„Okay," sagte er im Ton einer Anordnung, „daß du mein 'Schroedinger's Cat' T-Shirt zu deinem Nachthemd gemacht hast, war schon ein herber Verlust. Aber mein Marillion T-Shirt wird gleich morgen früh dein Zimmer verlassen und nur dorthin zurückkehren, wenn ich drinstecke. Haben wir uns verstanden, Rotznase?"

Sie brummte nur, nahm das zweite Kissen, legte es hochkant an die Stirnseite des Bettes und lehnte sich halb sitzend, halb liegend dagegen. Dann zog sie die Zudecke hoch.

Mick sah sie von unten an.

„Ich gehe davon aus, daß ich dich nicht mit einer lapidaren Bemerkung zurück in dein Bett bekomme, oder?"

„Ich bin hellwach, falls das deine Frage beantwortet", erwiderte sie und verbarg dabei nicht, daß sie diesen Zustand nicht begrüßte.

Nachdem er tief ausgeatmet hatte, folgte Mick ihrem Beispiel und setzte sich neben sie.

Beide starrten sie schweigend die gegenüberliegende Wand an.

Schließlich sagte Miko: „Du bist noch sauer wegen vorhin."

„Nein, bin ich nicht. Es ist nur, daß ich so vieles an dir noch immer nicht verstehen kann. Du bist in vielen Situationen schlichtweg ein großes Geheimnis für mich."

„Ich bin Ninja. Und ich bin japanisch erzogen worden. Du versuchst hier nicht ein kleines Mädchen zu verstehen, Tintenklecks. Du erwartest, daß du in ein paar Wochen eine völlig andere Kultur und Denkweise verstehen kannst."

Er sah sie an. War sie wirklich erst elf Jahre alt? Ihre ach so erwachsenen Antworten, die sie oft völlig unerwartet gab, waren beeindruckend, halfen ihm aber nicht immer, sie wirklich besser zu verstehen. Letztlich hatte sie mit ihrer Erklärung aber völlig recht.

„Vielleicht bin ich ja einfach nur zu ungeduldig mit mir."

„So ist es, Tintenklecks. Aber du hast gute Ansätze."

„Habe ich?"

„Na klar. Denkst du, ich merke nicht, wie du mich immer wieder erfolgreich einbremst oder in eine Richtung lenkst?"

Sie grinste ihn von der Seite an.

„Das hättest du jetzt nicht sagen dürfen. Ich war so stolz, dich unbemerkt zu beeinflussen."

Er verzog das Gesicht.

„Ach was. Du kannst doppelt stolz sein. Ich meine, ich merke es und lasse es trotzdem zu. Das ist doch eine noch viel größere Leistung, Tintenklecks."

Sie stieß ihn mit einem Lächeln aufmunternd in die Seite.

„Wie funktioniert das denn trotz deines Eigensinns?"

„Ist wohl deine Art von Tintenklecksmagie, ich kann einfach nicht anders."

Ein prüfender Blick traf sie.

„Ach Tintenklecks, nun schau mich doch nicht an wie ein Menschenaffe, der eine blaue Banane sieht. Falls du es noch nicht gemerkt hast, ich mag dich. Was glaubst du, warum ich nie über deine Adoption im Handstreich diskutiert habe oder hier wegwollte."

„Weil du dir hier deine Freiheiten nehmen kannst?"

„Ja, das auch", gab sie spontan zu. „Auch wenn ich es nicht immer zeige, Mick, ich habe dich gern und ich nehme wahr, daß du ganz lieb zu mir bist, dich um mich kümmerst. Und ich habe nicht vergessen, was du für mich getan hast. Ich bin dir dankbar dafür, und das wird sich auch nicht ändern. Jetzt hör auf zu grübeln, sonst kannst du auch nicht wieder einschlafen."

Sie hatte keine Vorstellung davon, was ihm ihre Worte bedeuteten. Mick war zutiefst über ihr Geständnis gerührt und nur mit Mühe konnte er unterdrücken, daß sich seine Augen mit Tränen füllten.

Es brauchte einige Minuten, ehe er antworten konnte. Er vermied es explizit, auf ihre Worte einzugehen, denn dann hätte er sie unweigerlich in seine Arme schließen müssen. Das würde sie natürlich nicht zulassen und damit wäre dieser wunderbare Moment zerstört.

„Einschlafen ist ein gutes Stichwort."

„Hat ziemlich lange gedauert", äußerte sie und ließ damit unmißverständlich, wenn auch amüsiert, durchblicken, daß sie sehr wohl bemerkt hatte, was in ihm vorging.

Er gab vor, ihre Bemerkung nicht gehört zu haben und sprach weiter.

„Abwechselnd Schäfchen zählen ist bestimmt nicht die Lösung, oder?"

„Ich glaube nicht."

„Hm."

„Was ist eigentlich so besonders an diesem T-Shirt?"

„Es ist meine Lieblingsband."

„Sind die gut?"

„Wären sie andernfalls meine Lieblingsband?"

„Stimmt. Unsinnige Frage."

„Viele meiner Geschichten sind zu Musik von Marillion geschrieben."

„Dein persönlicher Soundtrack, sozusagen?"

Er lachte.

„Ein bißchen ja, ein bißchen nein. Musik ist wie konservierte Gefühle für mich. Und manchmal höre ich die entsprechende Musik, um diese Gefühle abzurufen und für mein Schreiben verfügbar zu haben."

„Das ist ja interessant. Das muß ich auch probieren. Ich meine das mit dem Konservieren."

„Das geschieht von ganz allein. Irgendwie begleitet einen doch immer irgendeine Musik, nicht in jeder Minute, aber ein Lied oder einige Lieder sind über einen bestimmten Zeitraum präsent. Und die Gefühle, die man in diesem Zeitraum empfindet, weben sich ganz von selbst in die Musik und bleiben für immer damit verbunden.

Und während du später diese Musik hörst, erfüllen die Gefühle dein Herz."

Etwas berührte seinen Arm. Neben ihm war Miko eingeschlafen und zur Seite gerutscht.

„Na wunderbar. So interessant sind meine Ausführungen", flüsterte er.

Im Schlaf schlang Miko ihre Arme um den seinen und lehnte ihren Kopf dagegen.

Mick hob eine Braue. Für die nächste Stunde, bis Miko sich im Schlaf herumdrehte und seinen Arm freigab, saß er reglos im Bett, um sie auf keinen Fall zu wecken. Bemerkenswert fand er es, bei vollem Bewußtsein zu fühlen, wie sein Arm langsam einschlief und jedes Gefühl verlor.

Er würde ihr dafür morgen ein furchtbar schlechtes Gewissen einreden. Der Gedanke an ihr Gesicht dabei entschädigte ihn schon jetzt für sein peinvolles Opfer für ihren Schlaf.

Er wurde von lautem Hämmern und dem Geräusch einer elektrischen Kreissäge geweckt.

„Verdammt, was ist das?", schimpfte er, während er sich im Bett aufrichtete.

Als sein Blick langsam schärfer wurde, erkannte er Miko, die in der offenen Tür lehnte.

Sie sagte nichts, grinste ihn nur an.

„Wie lange stehst du da schon?"

„Nur ein paar Minuten, seit die Handwerker die Kreissäge angeworfen haben. Ich wollte mir dein Gesicht nicht entgehen lassen."

Sie duckte sich, als ihr sein Kissen entgegenflog.

„Jetzt hör auf rumzuspielen und steh auf! Ich habe das Frühstück fertig."

Mit einer eleganten Fußbewegung angelte sie das Kissen aus dem Gang und beförderte es zurück ins Bett.

Mick hatte diese Aktion nicht kommen sehen und so war es ein Volltreffer.

Er schnaufte und sah ihr hinterher, als sie im Gang verschwand.

Während er sich am Frühstückstisch Tee eingoß, blinzelte er zu Miko hinüber.

„Ist dir eigentlich klar, welches Opfer ich für deinen friedlichen Schlaf diese Nacht erbracht habe?"

Sie sah ihn einen Augenblick groß an, dann antwortete sie: „Du mußtest das zweite Kissen hergeben?"

„Nein. Aber ich habe den dringenden Verdacht, daß ich dir Rotznase den Unterschied zwischen Kissen und meinem Arm noch einmal detailliert erläutern muß."

„Deinem Arm?"

Er schwenkte seinen Arm durch die Luft.

„Das Ding hier. Nennt sich allgemein Arm und ist definitiv nicht dafür geschaffen, daß sich kleine Rotznasen nachts daran festklammern und ihn als Kopfkissen nutzen."

„Das habe ich getan?", fragte sie ungläubig.

„Oh ja."

„Ich habe gar nicht bemerkt, wie du ihn wieder weggezogen hast."

„Das liegt vielleicht daran, daß ich es nicht getan habe und eine Stunde reglos im Bett saß, mit eingeschlafenem Arm, damit die Dame friedlich ruhen kann."

Mick sah sie äußerst vorwurfsvoll an.

„Oh."

„Mehr fällt dir zu meiner Aufopferung nicht ein?"

„Okay, du bist ein richtiger Gentleman, Tintenklecks. Und du bekommst heute Abend das größere Stück Schokolade."

Ein skeptischer Blick traf sie.

„Ich fühle mich irgendwie nicht ernst genommen."

„Das sollte ja nun kein neues Gefühl für dich sein", kommentierte sie lapidar.

„Rotznase", erwiderte er betont, „ich mach dir gleich einen Knoten ins Ohr!"

Sie kicherte.

„Komm doch!"

Er täuschte einen Angriff vor. Miko war schneller. Ihre Hand schnellte vor, griff Micks Nase zwischen Zeige- und Mittelfinger und zog ihn zu sich heran.

„Leg dich nicht mit einer Ninjagöre an, Tintenklecks!", sie grinste ihn an und gab seine Nase wieder frei.

Mißmutig über seine kleine Niederlage rieb sich Mick die Nase.

In diesem Moment erinnerte er sich an etwas und ein verschmitztes Lächeln huschte über sein Gesicht.

Rache ist süß.

„Ach, deine Schuluniform ist gekommen", er wies auf einen Karton auf dem Küchenschrank und genoß ihren verdrießlichen Gesichtsausdruck.

Ja, Rache war süß.

„Habe ich schon gesehen."

„Ausgezeichnet. Dann wirst du sie am besten gleich nach dem Frühstück anprobieren, damit wir sicher sind, daß sie auch paßt."

„Das ist ein ganz gemeiner Schachzug von dir, Tintenklecks."

„Ja und bei Nichtausführung werde ich dich gnadenlos mattsetzen", ein Grinsen auf seinem Gesicht.

Sie zog eine Grimasse und stand auf. Dann räumte sie ihr Geschirr in die Spülmaschine und verschwand mit dem Karton unter dem Arm in ihr Zimmer. Nicht jedoch ohne Mick im Vorbeigehen noch einen Hieb in die Seite zu verpassen.

Zehn Minuten später stand sie mit grimmiger Miene in der Schuluniform vor ihm.

Er betrachtete sie eingehend.

Schwarze Hose, schwarzes Jackett mit dem Schullogo auf der Brusttasche, darunter eine weiße Bluse und ein blauer Schlips.

Bedächtig nickte Mick.

„Sehr schick."

„Sehr furchtbar."

Sein Blick wanderte zu den violetten Hausschuhen.

„Daran müssen wir aber noch arbeiten", er wies mit dem Kopf nach unten.

„Da hast du vollkommen recht, Tintenklecks. Ich werde noch rosa Bommeln drannähen."

Sie zeigte ihm einen Schmollmund und drehte sich zum Gehen, hielt jedoch inne.

„Solltest du heute noch mit deinem Frühstück fertig werden, schlage ich vor, wir statten unseren beiden Kunststudenten einen Besuch ab."

„In der Tat eine gute Idee."

Langsam passierten sie mit dem Wagen das Haus der beiden Kunststudenten, die den kleinen Jonathan mit sich genommen hatten. Dann bog Mick nach rechts in die Seitenstraße ab. Auf Höhe des Kindergartens hielten sie.

„Nicht schlecht", äußerte Miko, als sie auf der Wand neben dem Eingang zum Kindergarten ein Bild mit einer lustig dargestellten Tiergruppe entdeckte.

„Und da, schau dir das an. Die haben die Highlands neben die Tür gezaubert."

Mick wies zur anderen Seite, wo sich das Altersheim befand.

„Die zwei haben ja richtig Talent. Was meinst du, kann ich die anheuern, die Wände in meinem Dojo zu gestalten?"

Nachdenklich schob Mick die Unterlippe vor.

„Warum nicht. Aber wir werden sie anständig bezahlen."

„Das ist nur fair. Ihre Schuld haben sie beglichen. Ich wette, innen haben sie auch einiges verziert. Die Farbe war bestimmt teuer. Wir sollten ihnen das auf jeden Fall ausgleichen. Ich meine, sie haben wirklich Wort gehalten."

Mick war durchaus etwas überrascht über die Anerkennung, die Miko äußerte. Schließlich war sie mit den beiden zuvor nicht gerade zimperlich umgegangen.

„Ich werte das als nachträgliches Gutheißen meiner Idee, die beiden nicht der Polizei preiszugeben."

„Ich war zwar etwas skeptisch, aber du hast sie richtig eingeschätzt. Du darfst stolz sein, Tintenklecks."

Er startete den Wagen und fuhr zurück, bis vor das Haus der beiden.

„Ich werde mich zurückhalten. Es ist dein Dojo. Aber mach ihnen nicht zu viel Angst."

„Ich?", sie tat empört.

„Du hast eine gewisse Tendenz, bei der ersten Begegnung auf Leute, sagen wir, einschüchternd zu wirken."

„Das ist die zweite Begegnung, oder?", mit diesem spitzfindigen Hinweis sprang sie aus dem Wagen und Mick folgte ihr.

Auf ihr Klingeln wurde schnell geöffnet. Als der junge Mann Miko erblickte, schrie er auf und wich sofort zurück.

„Wir haben ganz viele Gemälde ...", er stolperte und stürzte rücklings in den Flur.

„Davon haben wir uns schon überzeugt, Pinselchen", entgegnete Miko und beugte sich über ihn.

„Was wollt ihr dann noch? Oh, bitte nicht wehtun!“, winselte der Mann am Boden.

In der Küchentür erschien sein Mitbewohner und wurde sofort leichenblass.

Miko hielt dem unter ihr liegenden Mann die Hand entgegen.

„Jetzt steh auf, ich will mit euch reden.“

„Oh nein, bitte nicht“, er umklammerte schützend seinen Brustkorb.

„Sie sagte reden, nicht ausfragen“, kommentierte Mick nun.

„Du tust mir nicht weh?“

„Nur, wenn du es ausdrücklich wünschst.“

„Oh sicher nicht.“

Zögernd richtete sich der Mann auf und wich vor ihr zurück in die Küche.

Deutlich Abstand haltend, sahen beide verängstigt zu Miko.

Diese setzte sich an den Küchentisch, zog einen zweiten Stuhl heran und stellte ihren Fuß darauf ab.

„Mir gefällt, was ihr da gemalt habt.“

Die Männer waren erkennbar verunsichert und wagten es nicht zu antworten.

„Ich meinte das ernst.“

Sie starrten sie weiter voller Angst an.

„Wißt ihr, was ein Dojo ist?“

Sie schüttelten synchron die Köpfe. Es wirkte wie in einem alten Stummfilm, dachte Mick.

„Es ist ein Übungsraum für japanischen Kampfsport. So ein Dojo wird gerade für mich gebaut. Und er hat ringsum viel Holzverkleidung, aber auch kahle Wandabschnitte. Ich fände es sehr attraktiv, wenn jemand darauf Szenen mit japanischen Landschaften gestalten könnte.“

Miko bedachte die beiden mit einem prüfenden Blick. Diese blickten sie nur versteinert an.

Miko atmete tief aus.

„Würdet ihr euch das zutrauen?“

Ein paar Wortfetzen waren das Einzige, was sie herausbrachten. Miko schüttelte den Kopf und sah sich im Raum um.

„Ist bestimmt nicht billig, die Hütte hier, oder?“

„Nein.“

Zu mehr waren die beiden noch nicht fähig.

„Ich würde mein Geld lieber euch geben, als einem Künstler, von dem ich nicht weiß, wie gut er ist."

„Geld?"

„Sie meint, daß wir euch natürlich dafür bezahlen werden. Das Thema Entführung ist abgeschlossen und vergessen. Wir sind nicht hier, um euch zu erpressen, sondern um euch einen Job anzubieten."

„Einen Job? Sie wollen uns dafür bezahlen, daß wir die Wände gestalten?"

„So ist es", bestätigte Mick, „und das Material geht natürlich auch auf unsere Kosten."

Die beiden Männer blickten sich an.

Miko sprang auf.

„Also hört zu. Denkt darüber nach. Aber mal so eben ein paar Monatsmieten zu verdienen, würde ich mir nicht entgehen lassen."

Langsam ging sie zu Mick. Und dieser konnte ihr ansehen, daß sie in Gedanken rückwärts zählte.

„Halt warte!", rief einer der beiden.

Sie lächelte und drehte sich herum.

„Sagtest du, mehrere Mieten?"

„So ist es."

„Also, wir müßten uns ein wenig vorbereiten, aber japanische Motive sollten kein Problem sein."

„Na fein. Das Dojo wird gerade aufgebaut. Ihr habt also genügend Zeit."

Nachdem Mick sich noch ihre Telefonnummer notierte, verließen sie das Haus.

Auf der Rückfahrt kommentierte Miko ihren Besuch: „Das sind vielleicht zwei Schisser."

„Nun, hast du schon einmal etwas von der Wirkung des ersten Eindrucks gehört?"

„Ja und?"

„Den ersten Eindruck, den sie von dir erhalten haben, würde ich mit dem Wort Furie beschreiben."

Er grinste sie an.

„Schließ diese Nacht besser deine Tür ab, Tintenklecks."

„Ich denke, ich werde den Kleiderschrank auch noch davorschieben, kleine Furie."

Sie funkelte ihn mit gespieltem Zorn an.

Am Morgen war Mick in der Küche, bevor die Handwerker ihre Arbeit begannen. Als Miko zum Frühstück erschien, grinste er sie an.

„Na, enttäuscht?"

„Ja", knurrte sie, „ich wollte noch einmal dein zerknirschtes Gesicht sehen."

„Da bin ich dir heute wohl zuvorgekommen."

Sie setzte sich ohne eine weitere Reaktion. Mick entging das nicht. Sie wirkte unausgeschlafen.

„Was ist los?"

„Ach, ich habe schlecht geschlafen."

„Na iss erst einmal was, dann wird es dir besser gehen."

Er schob ihr eine bereits gefüllte Schale mit Müsli zu.

„Was ist eigentlich mit Phils Fall?", fragte sie, während sie in der Schale herumstocherte.

„Ich weiß auch nicht. Irgendwie habe ich überhaupt keine Idee."

„Geht mir auch so. Aber ich denke, sie haben irgendwo nahe Edinburgh ein Landhaus angemietet. Und wenigstens einer von ihnen ist ein Einheimischer."

„So?"

„Ja, die Übergabeorte waren alle sehr speziell. Das sind Stellen gewesen, die ein Fremder gar nicht findet. Jemand wußte da genau Bescheid."

„Das stimmt in der Tat."

„Und ich schätze, es sind sechs bis acht Leute."

„Wie kommst du darauf?"

„Sie wußten über ihre Opfer und deren Gewohnheiten sehr gut Bescheid. Dazu müssen sie sie genau beobachtet haben. Das kann man in der Perfektion nicht zu zweit durchziehen."

Mick rieb sich nachdenklich das Kinn. Dann sagte er: „Das sind ziemlich viele Anhaltspunkte dafür, daß du keine Idee hast."

Sie sah ihn von unten an und brummte nur.

„Ich muß nachher nach Edinburgh in den Verlag. Bleibst du hier, falls die Handwerker etwas benötigen?"

„Ja, ich habe heute ohnehin keine Lust auf Edinburgh."

Mick verließ das Verlagsgebäude in Edinburgh mit einem Karton voller Bücher, die er signieren sollte. Zum Glück parkte er nur um die Ecke. Die Kiste auf ein Bein gestützt, öffnete Mick die Hecktür seines Wagens und schob sie schniefend hinein. Mit Schwung schloß er die Tür wieder. Gerade als er um das Fahrzeug herum gehen wollte, um einzusteigen, hielt ein schwarzer Lieferwagen ganz dicht vor ihm. Die Nase rümpfend drehte sich Mick um und wollte andersherum zu seinem Fahrzeug gehen, als er sich plötzlich zwei Männern gegenübersah. Hinter sich vernahm Mick das Geräusch einer sich öffnenden Schiebetür. Einer der Männer schnellte vor und drückte ihm ein Tuch ins Gesicht. Kräftige Hände packten ihn von hinten und zogen ihn in den Transporter, während seine Sinne wichen.

Miko nahm eine Tüte Milch aus dem Kühlschrank, um sich einen Kakao zuzubereiten, als sie ein Fahrzeug hörte. Sie stellte den kleinen Topf wieder in den Schrank und holte einen größeren hervor. Sicher würde Mick auch Kakao trinken wollen.
 Bevor sie jedoch die Milch öffnen konnte, klingelte es an der Tür. Verwundert sah sie über die Schulter. Es läutete erneut.
 Sie stellte die Milch wieder auf die Arbeitsplatte und ging zur Tür. Als sie öffnete, stand Phil vor ihr.
 Er brauchte nichts zu sagen. Miko wußte augenblicklich, daß etwas geschehen war.
 „Was ist mit Mick?", fragte sie sofort.
 „Hallo Miko, darf ich hereinkommen?"
 Sie bewegte sich nicht, wiederholte jedoch ihre Frage in schärferem Ton.
 „Miko, er wurde entführt."
 Ihr Gesicht schien zu versteinern, ihre Hand griff nach Phil und zog ihn hinein.
 Dann ging sie voraus ins Wohnzimmer, blieb dort jedoch stehen und forderte, ohne Phil anzubieten sich zu setzen: „Ich will alle Details wissen. Jetzt!"
 Nun erst wies sie auf die Couch und Phil nahm Platz. Miko blieb stehen.
 „Die Entführer haben eine Nachricht in Micks Verlag hinterlassen. Es ist die Bande, gegen die ich ermittle. Sie wollen offensichtlich, daß ich diese Ermittlungen einstelle. Ich soll hier auf weitere Anweisungen warten."
 Phil klang niedergeschlagen.
 Bei seinem letzten Satz wurden Mikos Augen eng. Sie sah über die Schulter in Richtung Fenster. Das Haus wurde beobachtet. Ihr Geist arbeitete, blendete alles aus, was jetzt nicht relevant war.

Eine Spirale höchster Konzentration setzte sich in Gang. Ihr Tintenklecks war in Gefahr.

„Wo haben sie ihn entführt?"

„Auf der Straße beim Verlag."

„Wann?"

Es waren keine Fragen, es war Inquisition.

„Vor drei Stunden."

Phils Telefon klingelte.

Ihre Blicke trafen sich für einen kurzen intensiven Moment, dann hob er ab. Er sprach nur wenig, bestätigte offensichtlich Anweisungen.

Miko riß ihm das Telefon aus der Hand und mit der Kälte eines apokalyptischen Reiters hauchte sie in den Hörer: „Ihr seid tot."

Am anderen Ende lachte eine Männerstimme laut auf.

„Geh spielen, Kind."

Phil holte sich mit einem vorwurfsvollen Blick das Telefon zurück und entschuldigte sich.

„Das werde ich", hauchte Miko und verließ den Raum. Der Rest des Gespräches interessierte sie nicht.

Im Gang nahm sie den Feldstecher aus dem Schrank und ging nach oben in ihr Zimmer. Sie drehte eine Lamelle des Rollos so, daß ein Spalt entstand. Konzentriert suchte sie dann den gegenüberliegenden Hang ab, bis sie gefunden hatte, was sie suchte. Hinter einem Strauch ragte der Reifen eines Motorrads hervor, nur einen Hauch, kaum mehr als das grobstollige Profil. Genug für das Auge eines Ninjas.

Der Beobachter.

Ihr Mund verzog sich zu einem diabolischem Lächeln.

Die Entführer hatten schlecht recherchiert. Das war ihr bei dem Satz des Mannes am Telefon sofort klar geworden. Sie hatten nicht die leiseste Ahnung, wer und was die kleine Adoptivtochter des Schriftstellers war. Und nun hatten sie ihr mit dem Beobachter den Schlüssel zu Micks Rettung auf dem Silbertablett serviert.

Sie ging wieder nach unten.

Phil beendete gerade eine Unterhaltung mit seinen Kollegen, denen es nicht gelungen war, das Gespräch zurückzuverfolgen.

„Was fällt dir eigentlich ein, mir das Telefon wegzunehmen?!", fuhr Phil sie zornig an und sprang auf.

„Es geht hier um Micks Leben und du reizt die Entführer!"

Nach außen emotionslos stand Miko vor ihm und sah ihn an.

Bis sie schließlich völlig ruhig sagte: „Genau, um Micks Leben, das in Gefahr ist, weil du deinen Job nicht richtig gemacht hast."

„Jetzt hör mir mal zu, du kleine Göre!", setzte Phil an.

Weiter kam er nicht.

Miko schnellte vor. Ein heftiger Tritt gegen seine Brust stieß ihn nach Atem ringend auf die Couch zurück, ein harter Schlag ins Gesicht und eine verschwommene Bewegung zu seiner linken Seite. Schon sah er seine Pistole in ihren Händen. Mit flinkem Griff entfernte sie das Magazin, zog den Schlitten zurück und warf damit die Patrone aus dem Lauf, dann flog die Waffe in hohem Bogen in eine Ecke des Raumes. Sekunden der Fassungslosigkeit, dann setzte er an, sich zu wehren. Schmerzen wie Stromschläge in seiner Brust. Er schrie.

Miko griff sein Jackett mit beiden Händen, stemmte ihre Beine in seinen Bauch und riß ihn mit ihrem eigenen Gewicht und dem Schwung der Bewegung von der Couch.

Stöhnend wurde er herumgewirbelt und landete rücklings auf dem Teppich. Ein weiterer Schlag ins Gesicht und endloser Schmerz in der Brust, der durch seine Schädeldecke entweichen wollte. Ein fester Druck auf seiner Kehle raubte ihm den Atem.

Dann erschien Mikos Gesicht dicht vor ihm.

„So Copper, jetzt hörst du mir ganz genau zu."

Er röchelte. Sein Versuch, nach ihrem Arm zu greifen und seinen Hals zu befreien, wurde mit einem lähmenden Schlag auf sein Schultergelenk vereitelt.

„Muß ich dir mehr wehtun oder habe ich jetzt deine Aufmerksamkeit?", ihre Augen funkelten ihn zornig an.

Gepeinigt von Schmerz und der frustrierenden Erkenntnis, als trainierter Polizist von einer Elfjährigen überwältigt worden zu sein, deutete er ein Nicken an.

Der Druck auf seine Kehle ließ nach.

„Mick war deutlich schneller mit dieser Erkenntnis, Copper."

Ihre Waldmoosaugen waren eng zusammengezogen, stachen in die seinen.

„Ab jetzt übernehme ich. Und du wirst genau das tun, was ich dir sage. Und mir ist es egal, ob dein Ego dabei zerbricht. Du bist ab sofort nicht mehr, als ein Werkzeug. Finde dich damit ab, dann tut es nicht so weh."

Er würgte und sein Verstand wehrte sich zu glauben, was ihm widerfuhr.

„Hals …", krächze er.
Sie zog ihre Hand zurück und gab ihm einen deftigen Klaps auf die Stirn.
„Softie."
Er knurrte.
„Ich finde jetzt heraus, wo Mick festgehalten wird und dann fahren wir dahin."
„Wie willst du das anstellen?", fragte er.
Ein wohlgezielter Schlag in die Leber raubte ihm den Atem. Vor seinen Augen wurde es kurz schwarz.
„Wenn ich etwas von dir hören will, lasse ich es dich wissen, Copper."
Ein Stöhnen signalisierte ihr, daß er verstanden hatte.
Ihre Hände suchten etwas an seinem Gürtel. Dann schwebten seine Handschellen vor seinem Gesicht.
Sie sprang auf und wies auf den Kamin.
„Da rüber!"
Er folgte ihrem Blick und ein Tritt in die Seite veranlaßte ihn, ihrer Aufforderung nachzukommen. Sie kettete ihn an das Gitter des Kamins, griff dann in seine Hosentasche und fingerte die Schlüssel heraus. Dann ging sie zum Tisch, legte die Schlüssel ab und nahm sein Mobiltelefon. Sie schob den Deckel auf der Rückseite auf und entfernte den Akku, den sie einsteckte. Den Blick durch einen der Sessel verstellt, konnte er nur hören, wie sie darauf das Zimmer verließ. Er fluchte leise, erkannte jedoch, daß er sich seiner mißlichen Lage nicht entziehen konnte.
Miko ging zu den Handwerkern.
„Männer, hört zu. Für heute ist hier Schluß und morgen wird nicht gearbeitet."
„Ist alles okay, Miss Tsukino?", fragte der Vorarbeiter, ein Japaner in seinen Vierzigern.
„Nein. Ich brauche noch eure Hilfe. Wenn ihr losfahrt, müßt ihr mich bis zur Straße gegenüber mitnehmen und dort unauffällig absetzen."
Er nickte und sah sie prüfend an.
„Können wir sonst noch etwas tun?"
„Nein."
Damit ließ sie ihn stehen und eilte nach oben in ihr Zimmer.
Mit dem Feldstecher versicherte sie sich, daß das Motorrad noch immer hinter dem Busch stand, dann zog sie sich um.

Der Transporter wurde langsam und Miko warf die Plane, unter der sie sich versteckt hatte, zurück und sprang von der Ladefläche. Sie wartete, bis die drei Fahrzeuge der Handwerker verschwunden waren. Dann schlich sie langsam und geräuschlos hinter einigen Büschen entlang, bis sie das Motorrad erblickte. Sie hielt inne. Suchte die Umgebung ab. Schließlich nahm sie eine Bewegung wahr. Sie nickte und ihre Augen verengten sich. In einem Bogen näherte sie sich dem Mann.

Konzentriert beobachtete dieser Micks Haus, geduckt hinter einen Busch. Neben ihm lagen ein Telefon und eine große Wasserflasche im Gras. Er bemerkte nichts von der Gefahr, die hinter ihm lauerte, bis ein gezielter Schlag ins Genick ihn zu Boden gehenließ.

Er erwachte mit Duct Tape über dem Mund, die Beine an den Knöcheln und Knien zusammengeklebt und die Hände zu beiden Seiten an den Stämmen zweier Bäume. Über sich das Gesicht von Miko.

Entsetzen stand in seinen weit aufgerissenen Augen.

„Du wirst jetzt reden", hauchte sie ihm entgegen.

Hektisch schüttelte er den Kopf und versuchte etwas zu sagen.

„Es gibt nur noch eine Entscheidung für dich zu treffen. Schnell oder langsam."

Er zappelte unter ihr.

„Wo finde ich Mick?"

Seine eigene Pistole auf seine Stirn setzend riß Miko ihm das Klebeband vom Mund.

„Wo?"

„Wer bist du?"

„Ich bin der vergessene Faktor in eurer Rechnung. Wo ist Mick?"

„Du kannst mich mal! Erschieß mich doch. Ich werde dir nichts verraten!"

„Langsam also", sagte sie und das Tape landete wieder auf seinem Mund.

Sie zog ein Messer hervor, hielt ihn an den Haaren fest und schnitt ihm langsam längs durch eine Augenbraue.

Der Mann bäumte sich vor Schmerz auf.

„Wo ist Mick?"

Sie entfernte das Band nicht von seinem Mund. Seine Augen verrieten ihr, daß er noch nicht willens war zu antworten. Das Messer glitt durch die andere Braue. Blut lief ihm in die Augen.

Er wand sich unter ihr vor Schmerz, stöhnte und warf den Kopf gepeinigt von einer Seite zur anderen.

„Wo ist Mick?"

Er reagierte nicht auf die Frage.

„Noch nicht? Nein?"

Das Messer schnitt ein kleines Loch in das Duct Tape auf seinem Mund und ehe er darauf reagieren konnte, steckte sie die Öffnung der Wasserflasche hindurch. Wasser lief in seinen Mund. Einen Moment sah sie ihn an, dann stach sie ein Loch in den Boden der Flasche und hielt ihm die Nase zu.

Seine Augen wurden groß. Emotionslos beobachtete sie ihn bei dem Versuch nicht zu atmen. Dann stiegen Blasen in der Flasche auf. Er begann hektisch zu strampeln. Wieder Blasen. Gurgeln und Husten und mehr Blasen. Sein Gesicht begann sich zu verfärben. Blasen und ihr eiskalter Blick auf ihm. Panik.

Sie ließ die Nase los. Er hustete und würgte. Wasser spritzte aus seinen Nasenlöchern.

Erst jetzt nahm sie die Flasche weg und riß das Klebeband von seinem Mund.

Jedes Wort langsam und einzeln aussprechend wiederholte sieMiko ihre Frage: „Wo ist Mick?"

Unter ihr rang der Mann röchelnd nach Luft, hustete Wasser.

„Wo?"

Er nannte ihr die Adresse. Sie hatte ihn gebrochen.

Erneut klebte sie ihm den Mund zu.

„Solltest du mich angelogen haben, wirst du es bereuen."

Sie ließ ihn gefesselt zurück und lief zum Haus auf der anderen Seite des flachen Tales.

Ihre Handschuhe ausziehend betrat Miko das Haus.Während Miko das Haus betrat, zog sie ihre Handschuhe aus. Schwungvoll landeten diesesie in der Spüle und Miko ging ins Wohnzimmer. Vom Tisch nahm sie die Schlüssel für die Handschellen und warf diese neben den Kamin, so daß Phil sie erreichen konnte.

Er sah Miko fragend an, erinnerte sich jedoch an ihre Reaktion auf unaufgefordertes Fragen.

„So Copper, du setzt dich in den Sessel und bist still", sagte sie, während sie über seine Füße stieg.

Vor der Wand setzte Miko sich im Lotussitz auf den Teppich, senkte die Lider, bis der Blick verschwamm und begann mit gefalteten Händen neun Linien vor sich zu zeichnen.

Phil öffnete die Handschellen und setzte sich langsam in den Sessel. Schweigend beobachtete er sie.

Für die nächste halbe Stunde meditierte Miko in dieser Weise. Dann öffnete sie abrupt die Augen, sah Phil sekundenlang ernst an.

Schließlich erhob sie sich Miko und, trat an ihn heran.

„Wir holen jetzt Mick. Eine dumme Idee, Copper, und ich töte dich."

„Miko …"

„Ich dachte, ich hätte verständlich gemacht, was ich von unerwünschten Kommentaren halte. Muß ich mich wiederholen?"

Den Blick flüchtig auf ihre Faust gerichtet und dann wieder Miko anschauend hob er die Hände und schüttelte den Kopf.

„Sammle deine Pistole ein, die Patrone liegt unter der Couch. Und wenn ich gleich wiederkomme, ist die Waffe im Halfter oder Mick hat einen Freund weniger."

Ihr Ton ließ keinen Zweifel daran, daß sie meinte, was sie sagte.

Damit verließ sie den Raum. In der Küche spülte sie das Blut von den Handschuhen und ging nach oben.

Als sie wenig später zurückkehrte, die Schwerter in der Hand, stand Phil in der Mitte des Zimmers und hob symbolisch die Hände. Ein prüfender Blick traf ihn.

„Du bist lernfähig, Copper. Jetzt komm."

Als sie draußen in Phils Wagen stiegen, sah Miko noch einmal zum Haus, so als würde sie nie hierher zurückkehren. Dann nannte sie ihm die Adresse.

Phil startete den Wagen und schaltete das Licht an. Es dämmerte bereits.

Erst nach einiger Zeit fragte er: „Darf ich sprechen?"

Miko winkte zustimmend.

„Woher hast du die Information?"

„Die Adresse?"

„Ja."

„Hast du keine Idee, Copper?"

„Du hast den Entführer ausfindig gemacht, der das Haus beobachtet hat?"

„Du bist doch nicht so schlecht."

„Und wie hast du die Information aus ihm herausbekommen?"

„Ich kann recht überzeugend argumentieren."

Ein forschender Blick traf sie. Und an seinem sich verändernden Gesichtsausdruck erkannte Miko, daß er sie verstanden hatte.

„Du meine Güte."

Sie öffnete sein Handschuhfach und begann den Inhalt zu untersuchen.

„Hey, was machst du da?"

„Deine Redezeit ist abgelaufen, Copper. Sieh zu, daß du dich nicht verfährst."

Er schluckte und sah abwechselnd zu ihr und auf die Straße. Schließlich zog sie Handschellen hervor.

„Sieh mal einer an. Da haben die im Film ja doch recht. Ein Copper hat immer Ersatzhandschellen im Handschuhfach."

Neben ihr verzog Phil den Mund.

Eine Viertelstunde später erreichten sie das einsam stehende Landhaus. Phil hatte das Licht rechtzeitig ausgeschaltet und rollte den unbefestigten Weg im Mondschein langsam herunter. Nicht weit vom Haus lenkte er in eine Nische und hielt an.

Miko sah einige Minuten still zum Haus. Phil wagte nicht sie anzusprechen.

Unvermittelt sagte sie dann: „Du kannst dir inzwischen Gedanken machen, wie du das im Polizeibericht schönschreibst."

„Du willst da nicht allein hineingehen?!"

„Doch, genau das will ich", sagte sie und mit einer schnellen Bewegung, die Phil nicht hatte kommen sehen, rastete die Handschelle um sein Handgelenk und das Lenkrad.

„Miko, das ... was machst du da?"

Sie hatte bereits die zweiten Handschellen aus seinem Gürtel gezogen.

„Oh nein! Du wirst hier nicht die Heldin spielen. Wir rufen das Einsatzkommando."

Sie sagte nichts, sah ihn nur an und wies dann mit dem Kopf auf das Lenkrad.

„Miko!"

„Ich hatte dir im Haus etwas gesagt, Copper", erwähnte sie völlig ruhig. „Leg die andere Hand ans Lenkrad."

Sein Atem hatte sich beschleunigt, sein Blick ruhte für einen Moment entgeistert auf ihr.

Langsam hob er schließlich seine Hand. Miko rastete die Handschellen ein und Phil war mit beiden Händen ans Lenkrad gefesselt.

Sie langte herüber und zog den Zündschlüssel ab, den sie mit dem Akku seines Mobiltelefons vor sich oben aufs Armaturenbrett legte. Dann zog sie die Schlüssel für die Handschellen aus seiner Hosentasche.

„Ich bitte dich, Miko", versuchte er erneut sie umzustimmen.

Sie zog ein Räucherstäbchen aus ihrer Jacke, steckte es über Phil in die Sonnenblende, fädelte die Schlüssel darüber und zündete es an. Dann beugte sie sich über ihn hinweg und rammte das Feuerzeug in den Schlitz am Holmen, in dem der Gurt verschwand.

Dann wies sie mit dem Kopf auf das Räucherstäbchen.

„Wenn ich nicht zurückkomme, hast du in fünfzehn Minuten noch einen Versuch. Bis dahin genieß den Sandelholzduft."

Sie wartete nicht auf eine Reaktion und sprang aus dem Wagen.

Draußen legte sie sich den Gurt mit den Schwertern um, zog sie kurz prüfend heraus und ließ sie wieder in die Scheiden gleiten. Langsam ging sie auf das Haus zu. Vom Wagen folgten ihr Phils Blicke.

Das Haus war schmal und lang. Der Eingang war an der linken Stirnseite. Sie hatte beschlossen, keine Zeit zu verlieren, um Mick zu retten und das Haus nicht für ein stilles Eindringen auszukundschaften. Sie entschied sich die direkte Konfrontation zu wählen. Und sie wußte, sie würde schnell vorgehen müssen.

Vor der Haustür hielt sie inne, konzentrierte sich noch einmal, rief sich Micks Gesicht vor Augen.

Sie zog ein Schwert und trat an die Tür heran. Mit der Klinge kratzte sie über die Tür und imitierte das Miauen einer Katze.

Von innen waren Schritte auf Holzdielen zu hören. Die Tür wurde vorsichtig geöffnet und ein Mann beugte sich hinaus. Im selben Augenblick schnellte Miko von der Seite vor. Mit beiden Händen trieb sie dem Mann die Klinge in die Brust und zog sie blitzschnell zurück. Als er tot vornüberkippte, stemmte Miko ihren linken Fuß gegen seinen Oberkörper, faßte seine Arme und rollte sich auf den Rücken, den Toten dabei über sich hinweg nach hinten befördernd. Sofort stand sie wieder. Sie rannte in den Gang, in dem ein zweiter Mann stand und den Schock des Angriffs überwindend seine Pistole zog. Mikos Schwert schnitt ihm längs durch den ausgestreckten Unterarm, die Waffe fiel zu Boden, während die andere Klinge in seine Brust drang. Aus einer offenen Tür rechts kam ein weiterer Mann mit der Pistole in der Hand und zielte auf Miko.

Aus dem Lauf heraus ließ sie sich auf den Rücken fallen und rutschte auf dem Boden an dem Mann vorbei. Ihr Schwert durchtrennte seine Achillesferse und der Mann ging schreiend zu Boden. Miko fing sich mit den Füßen am Türrahmen ab, stieß sich ab, drehte sich im Flug und rammte dem Mann das Schwert ins Herz. Sie eilte voran. Wenige Schritte weiter stand die Tür zu einem weiteren Zimmer offen. Zwei Männer spielten auf einer Konsole vor einem großen Monitor auf einer Couch sitzend einen Ego-Shooter.

Von hinten trat Miko lautlos an sie heran und streckte beide Schwerter zwischen sie.

Die Männer drehten sich überrascht nach hinten und im gleichen Moment durchtrennte kalter Stahl ihre Kehlen bis zur Wirbelsäule. Sie sackten tot nach vorn. Auf dem Monitor erschien in roter Schrift: „You just died.“

„Wie treffend“, bemerkte Miko und drehte sich herum.

Vorsichtig kontrollierte sie zwei weitere Räume zu beiden Seiten, fand diese jedoch leer vor. So blieb nur noch der Raum hinter der Tür am Ende des Ganges übrig, vor der sie nun stand. Miko atmete tief ein. Sah noch einmal über die Schulter zurück und konzentrierte sich, steigerte ihre Aufmerksamkeit. Ihre Augen spiegelten feste Entschlossenheit wider. Jegliche Spur von Angst oder Zweifel fehlte.

Sie stieß die Tür auf und fand sich in einem leeren Raum. Gegenüber, ein Bretterverschlag mit einer Tür und neben der Tür auf einem Stuhl ein Mann, der überrascht aufsah.

Eine Sekunde später steckte ein Wurfstern in seinem Hals.

Miko sah unbeeindruckt zu, wie sich blutiger Schaum vor seinem Mund bildete.

Langsam sank der Mann nach vorn und rutschte sterbend zu Boden.

Miko stieg über ihn und öffnete die Tür.

Ein Lichtkegel fiel in den Raum und auf Mick, der auf einem Bett kauerte, die Hände mit ausgestreckten Mittelfingern gefaltet.

„Miko.“

Sie trat in die Kammer. Seine Augen fokussierend nahm sie sein Gesicht in beide Hände.

„Du hast dich an die innere Stärke erinnert, Tintenklecks.“

Sie lächelte sanft.

„Laß uns gehen.“

Mick zögerte kurz, dann trat er ihr folgend heraus.

Als sie ihren Wurfstern zurückholte und sich wieder erhob, stand ein Mann in der Tür und richtete eine Pistole auf sie.

Mit einer blitzschnellen Bewegung stieß sie Mick kräftig zur Seite und vollführte eine Rolle vorwärts. Hinter ihr trafen Schüsse auf den Boden. Sie rollte zwischen den Beinen des Mannes hindurch und trieb ihm von unten ein Schwert in den Unterleib. Hinter ihm sprang sie auf die Beine und trat den Mann in den Rücken. Winselnd fiel dieser auf den Boden. Miko holte sich ihr Schwert zurück und stach es dem Mann von hinten ins Herz.

„Jetzt komm!"

Mick starrte entsetzt auf die toten Männer.

Miko sah zurück, schüttelte den Kopf und ging zu Mick. Sie nahm ihn an die Hand und zog ihn mit sich.

„Tritt nicht ins Blut."

„Miko, die sind alle tot", sagte er hinter ihr schockiert.

„Jetzt nicht, Tintenklecks."

Eilig zog sie ihn nach draußen. Weiter weg vom Haus den Weg hinauf, wo Phil mit dem Wagen stand.

Am Fahrzeug angelangt, riß sie die Tür auf. Sandelholzduft wehte ihr entgegen.

Eine Sekunde kreuzten sich ihre Blicke.

„Dein Fall ist gelöst, Copper", gab sie bekannt, trat zur Seite und gab Phil den Blick auf seinen Freund frei.

„Mick!"

„Phil?"

„Mick, ist alles okay?"

Er nickte. Dann bemerkte er die Handschellen. Sein Blick flog kurz zu Miko neben ihm, dann zurück zu Phil.

„Und ist alles okay bei dir?"

Phil lachte gequält.

„Ja, ja. Schon gut."

Der Schlüssel fiel an ihm vorbei in den Fußraum.

„Ach Scheiße!", entfuhr es ihm.

Aber Miko hatte es vorausgesehen und war schon um den Wagen herumgelaufen.

Als sie die Fahrertür öffnete, sah sie den Mann an.

„Muß ich dazu noch etwas sagen, Copper?"

Sie hob den Schlüssel auf und öffnete eine Handschelle, dann drückte sie ihm den Schlüssel in die nun freie Hand.

„Nein, keinen Kommentar bitte", stöhnte Phil.

Sie schüttelte nur den Kopf, dann hebelte sie das Feuerzeug aus der Verkleidung und ging wieder zu Mick.

Phil stieg aus und kam zu ihnen. Er faßte Mick an den Schultern. Beide sahen sich schweigend an. Dann sah Phil zu Miko.

„Muß ich die Waffe ziehen, wenn ich da reingehe?"

„Nein, aber Gummistiefel wären angebracht", kommentierte sie und langte ins Fahrzeug.

„Oh, mein Gott."

„Hier, dein Akku", sagte sie, als sie ihm diesen in die Hand drückte.

„Mick, denkst du, du kannst fahren?"

Er nickte stumm.

Während sie ihm den Schlüssel entgegenhielt, wandte sie sich an Phil: „Du kannst doch sicher mit deinen Copperfreunden zurückfahren?"

Phil preßte die Lippen zusammen und visierte sie an.

„Sieht nach einem Ja aus. Mick komm."

Bevor sie einstieg, zog sie vom Rücksitz die Decke, unter der Mick sie einst versteckt hatte, nach vorn und warf sie über das helle Leder des Sitzes, um keine Blutflecke zu hinterlassen.

„Phil, können wir dich hier einfach so zurücklassen?", erkundigte sich Mick besorgt.

„Ja, kein Problem. Ich hol den Wagen ab, wenn ich deinen zu dir bringe. Was mir Kopfschmerzen bereitet, ist viel mehr, wie ich das da unten erklären soll."

„Phil, Miko hat da Kontakte, die können das da unten verschwinden lassen."

„Nein, laß gut sein. Das würde es nur noch komplizierter machen." Im Mondschein sah er in das Gesicht seines Freundes.

„Mick, man wird dich sicher befragen. Sag zum heutigen Abend einfach, daß du niedergeschlagen wurdest und erst zu Hause erwacht bist, also nichts mitbekommen hast. Okay?"

„Ja, kein Problem."

„Oh und Entschuldigung."

„Wofür?"

Der Griff von Phils Pistole traf ihn hart am Kopf und ließ ihn halb besinnungslos zu Boden gehen. Im gleichen Augenblick war Miko aus dem Wagen gesprungen. Kalt lag ihre Klinge an Phils Hals.

Von unten kam stöhnend: „Miko, nicht!"

Mick richtete sich langsam auf.

„Miko, nimm die Klinge weg. Das mußte sein. Wenn die Entführer mich niedergeschlagen haben sollen, muß ich auch eine entsprechende Verletzung haben. Ist es nicht so, Phil.“

„Genau. Tut mir wirklich leid, aber das mußte sein. Ich hoffe es schmerzt nicht zu sehr.“

Mikos Blick flog von einem zum anderen, dann zog sie das Schwert zurück.

„Jetzt haut schon ab!“, rief Phil schließlich.

Mick nickte und stieg ein.

Sein Freund trat zurück und Mick lenkte den Wagen um und fuhr den Weg hinauf.

„Miko, du hast da drinnen ein Blutbad angerichtet“, sagte er, als er auf die Hauptstraße einbog. „Warum hast du das getan? Du hättest Phil die Sache überlassen können.“

„Giri.“

„Was heißt das?“

„Das ist japanisch und steht für Pflicht, Schuld.“ antwortete sie ruhig.

„Ich verstehe nicht.“

„Wenn jemand etwas Wichtiges für dich tut, stehst du in seiner Schuld. Es ist deine Pflicht diese Schuld zu begleichen. Giri.“

Er sah zu ihr hinüber.

„Du hast mich nur deshalb gerettet? Wegen ... Giri?“

„Nun sei kein Dummkopf, Mick. Natürlich nicht. Du warst in Gefahr. Ich konnte hier kein Risiko eingehen, daß dir etwas geschieht, deshalb habe ich selbst gehandelt. Es ist nur so, daß ich auch keine andere Wahl gehabt hätte, wenn ich diese Entscheidung nicht aus freien Stücken getroffen hätte. Giri hätte mich dazu verpflichtet.“

Es vergingen mehrere Minuten, ehe Mick wieder sprach.

„Aber mußtest du sie alle töten? Beim kleinen Jonathan hast du die Entführer doch auch nur betäubt.“

„Ja, aber hier ging es um dich, Tintenklecks. Diese Männer haben den Menschen bedroht, der mir am nächsten steht und sie haben sich mit dem falschen Gegner angelegt.“

Die Selbstverständlichkeit, mit der sie dies aussprach, erschreckte Mick.

„Das war Selbstjustiz, Miko. Du hast schlichtweg Rache geübt.“

Ihr Blick traf ihn mit Schärfe von der Seite.

„Ja, ich habe diese Männer dafür bestraft, daß sie dich bedroht haben. Aber ich mußte auch sicherstellen, daß sie definitiv ausgeschaltet waren, um dich zu schützen."

„Aber Miko ..."

„Es gibt dazu nichts mehr zu diskutieren, Mick."

Sie stellte die Sitzlehne flacher und stemmte einen Schuh gegen das Armaturenbrett. Die Arme verschränkt, sah sie ohne Fokus nach vorn auf die Straße.

Mick wußte, daß das Thema damit jetzt nicht mehr zur Debatte stand. Dennoch würde er es später noch einmal ansprechen. Auch wenn er beeindruckt war, mit welcher Vehemenz Miko für seine Rettung vorging, war er doch zugleich über die emotionslose Brutalität ihres Auftrittes schockiert. Und er mochte gar nicht daran denken, wie Phil die Situation erklären sollte. Außer Zweifel stand, daß er Miko decken würde, aber ihre Aktion konnte seinem Freund ohne Weiteres den Job kosten. Und das wäre für Phil, der seinen Beruf liebte, eine unsägliche Katastrophe.

Sein Blick fiel auf die Tankanzeige.

„Mist, Phil hat vergessen zu tanken. Ich muß einen Umweg fahren."

Sie winkte bestätigend. In der Nähe von Micks Haus gab es keine Tankstelle. Ihr Heimweg würde länger dauern.

Kurz bevor sie die Abzweigung zu Micks Haus erreichten, sagte sie: „Fahr da vorn noch nicht zum Haus rüber, sondern noch etwa einhundert Meter weiter. Ich sag dir, wo du halten mußt."

„Was hast du vor?"

„Ich habe da was hinterlegt", erwiderte sie knapp.

„Hier. Stopp."

Schon sprang sie aus dem Wagen und lief um ein Gebüsch herum hangaufwärts.

Sie hatte die Taschenlampe bei sich, die sie zuvor in Phils Handschuhfach entdeckt hatte.

Ihr Lichtkegel traf den noch immer an die Bäume gefesselten Beobachter.

Miko hielt in ihrer Bewegung inne, zog einseitig die Oberlippe hoch.

Jemand hatte dem Mann die Kehle durchtrennt.

„Verdammt", fluchte sie leise und rannte augenblicklich zurück zum Wagen.

Angriffsbereit riß sie die Tür auf. Mick saß am Steuer und sah sie überrascht an.

Ein flüchtiger Blick prüfte die Rückbank, dann glitt sie in den Sitz.

„Alles okay mit dir?", fragte Mick verwundert.

„Ja, alles Bestens. Ich dachte nur, du hättest gerufen."

Mick schüttelte den Kopf, dann legte er den Rückwärtsgang ein und steuerte bis zur Abzweigung zurück, die zu seinem Haus führte.

Als sie das Gebäude erreichten, ging Miko voraus. Mick schien es, als schaute sie sich auffallend um. Auch im Inneren kam es ihm so vor, als musterte sie jede Ecke.

Im Wohnzimmer ließ Mick sich dann auf der Couch nieder. Miko sah ihn einen Moment lang an. Dann sagte sie schließlich: „Ich denke, ich muß mich ein bißchen um dein Seelenwohl kümmern. Aber erst einmal koche ich uns einen Kakao."

Damit ging sie Richtung Küche. Sie hatte den Gang noch nicht ganz erreicht, als sie plötzlich mit einem Aufschrei zurück in den Raum gewirbelt wurde und benommen vor dem Kamin liegenblieb.

Entsetzt starrte Mick sie an. Blut quoll aus ihrer Nase.

Erst jetzt bemerkte er den Mann, der mit einem Baseballschläger in der Hand in den Raum trat und ohne Mick die geringste Beachtung zu schenken, langsam auf Miko zuschritt.

Micks Gedanken rasten.

„Du kleines Miststück. Du kommst mir nicht noch einmal in die Quere."

Mit großen Augen starrte Mick den Mann eine Sekunde lang an, dann schaltete sein Instinkt seinen Verstand wieder ein. Mit einem Satz sprang er über die Lehne der Couch. Der Mann ignorierte ihn, weiter annehmend, daß es sich um einen hilflosen Versuch handelte, sich zu verstecken. Er trat an Miko heran und holte mit dem Baseballschläger aus. Mick rollte sich in höchster nervlicher Anspannung zur Kommode und zog den oberen Schubkasten vor. Hastig griff er die Pistole auf der Unterseite, entsicherte sie in der Drehbewegung und feuerte fünf Schuß auf den Mann. Dieser wurde herumgerissen und der Baseballschläger verfehlte Miko um Zentimeter.

Der Mann landete rücklings quer auf dem Sessel, seine Arme fielen zur Seite und hingen wie ausgebreitete Flügel herab. Mick kam mit vorgehaltener Waffe um die Couch, näherte sich langsam, bis er vor dem Mann stand. Seine Brust war blutig, doch er atmete sichtbar.

Sekunden hielt Mick die Waffe unschlüssig auf ihn gerichtet. Für einen Moment sah er zu Miko, die stöhnend zu sich kam. Der Mann vor ihm zuckte. Augenblicklich feuerte Mick zwei Schuß in dessen Kopf und ließ die Pistole fallen. Er zitterte am ganzen Leib, ging in die Knie. Einen Augenblick verharrte er heftig atmend, dann kroch er auf allen Vieren zu Miko. Sie öffnete die Augen, sah ihn an. Dann flog ihr Blick an ihm vorbei zu dem Mann auf dem Sessel, Blut tropfte aus seinem Kopf. Miko fokussierte kurz die Waffe auf dem Fußboden, dann wieder Mick.

„Tintenklecks.“

„Miko.“

Sie lächelte.

„Giri, Tintenklecks.“

Mick schüttelte leicht den Kopf, dann schob er seinen Arm unter ihre Schultern und zog sie hoch, drückte sie an sich. Fest, ganz fest. Seine Hand strich über ihr Haar.

„Miko“, wiederholte er ihren Namen.

Sie schloß ihre Arme um ihn.

„Mein kleiner Tintenklecks. Du bist ein richtiger Held, weißt du das?“

Er antwortete nichts. Tränen rannen über sein Gesicht.

Sanft schob sie ihn zurück. Sah ihn sekundenlang an. Dann wischte sie ihm die Tränen weg.

„Nicht weinen, Tintenklecks.“

„Miko, meine kleine Miko. Er hätte dich um ein Haar getötet.“

Ihre Hände legten sich um seine Wangen.

„Jetzt weißt du, was ich heute gefühlt habe.“

Er schloß die Augen, zog sie wieder fest an sich heran. Die Anspannung der letzten Minuten brach sich Bahn, und sie in seinen Armen wiegend, weinte er, als gäbe es kein Ende seiner Tränen.

„Was meinen sie mit ‚der Vermieter des Hauses‘ möchte mich sprechen? Ich habe mit dem Mann doch schon geredet.“ Phil sah den Sergeant verständnislos an. Dieser wies schulterzuckend zu einem Mann hinter dem Absperrband.

„Wer ist das?“

„Der Vermieter.“

„Das ist ein völlig anderer ... verdammte Scheiße!“

Er zog sein Telefon hervor und wählte Micks Nummer.

Micks Telefon klingelte. Sacht löste sich Miko aus seiner Umarmung, als er nicht auf das Klingeln reagierte. Dann zog sie das Telefon aus der kleinen Tasche an seinem Gürtel, sah den Namen im Display und hob ab.

„Mick? Bist du zu Hause? Verriegle sofort alle Türen und Fenster"

Miko unterbrach ihn.

„Zu spät, Copper."

Am anderen Ende trat kurz panisches Schweigen ein. Phils Atem war zu hören.

„Miko! Was ist mit Mick, ist ihm etwas passiert?"

„Mick ist nichts passiert."

Phil atmete hörbar beruhigt aus.

„Ein Glück. Ich schicke euch einige Polizisten zum Schutz."

„Der Mann ist tot, Copper. Kümmere du dich um das Haus der Entführer. Das Problem hier bereinige ich."

„Du hast ihn getötet?"

Mikos Augen ruhten auf Mick, der gerade sein Gesicht gegen seine zusammengelegten Hände preßte und offensichtlich versuchte, seine Fassung wiederzugewinnen. Ihre Blicke trafen sich kurz.

„Er ist tot und keine Gefahr mehr, das muß dir jetzt ausreichen."

„Kann ich Mick sprechen?"

„Nein."

„Miko, was ist mit ihm?!", Phils Stimme wurde wieder hektisch.

„Ich sagte doch, er ist okay. Im Moment ist er nur ein wenig aufgewühlt. Du kannst morgen mit ihm reden, wenn du deinen Wagen holst. Ich muß mich jetzt um Mick kümmern."

Sie legte auf.

„Komm, Tintenklecks. Ich bring dich in dein Zimmer. Du mußt dich ausruhen."

Vorsichtig zog sie ihn hoch.

„Du hast Blut im Gesicht", sagte er, als er nun vor ihr stand.

„Ich weiß, das wisch ich mir ab, wenn du im Bett liegst."

Sacht schob sie ihn Richtung Gang.

„Bist du verletzt?"

„Nein, alles in Ordnung. Vorwärts!"

Sie drängte ihn zur Treppe und dann diese hinauf. Mick wirkte völlig durcheinander und kopflos.

Oben schob sie ihn in sein Zimmer.

„Ich bin in ein paar Minuten wieder bei dir. Und dann liegst du schön im Bett!"

Den letzten Satz sprach sie etwas forscher aus. Sie sah ihm noch einen Moment nach, dann zog sie sich ins Bad zurück. Vor dem Waschbecken ging sie in die Knie und hielt sich ihr schmerzendes Gesicht.

„Au verdammt!"

Sie kniff die Augen zusammen und preßte die Zähne aufeinander. Einige Minuten verharrte sie so und kämpfte gegen den Schmerz. Die Nase und die rechte Wange waren furchtbar geschwollen, die Oberlippe leicht aufgeplatzt. Ihr ganzes Gesicht pulsierte schmerzvoll im Rhythmus ihres Herzschlages. Sie stöhnte leise. Es hatte viel Selbstbeherrschung gekostet, vor Mick nichts von ihren Schmerzen zu zeigen. In seinem jetzigen Zustand konnte er das nicht auch noch ertragen, das war ihr klar. Sie hatte für ihn die Zähne zusammengebissen.

Langsam erhob sie sich und sah in den Spiegel. Dort, wo sie der Baseballschläger getroffen hatte, war ihr Gesicht blutunterlaufen.

„Na, fein", kommentierte sie ihren Anblick und verzog die Miene beim Gedanken daran, daß sie für die nächsten Tage mit einem gewaltigen Bluterguß im Gesicht herumlaufen würde.

Sie drehte den Wasserhahn auf und begann, das Blut abzuwischen und das Gesicht zu kühlen.

Es blieb ihr nicht viel Zeit, sie mußte sich um Mick kümmern. Noch einmal betrachtete sie ihr Gesicht. Sie konnte von Glück reden, daß sie keine Brüche davongetragen hatte. Wütend schnaufte sie. Wieso hatte sie den Angreifer nicht bemerkt? Wenn Mick nicht so geistesgegenwärtig reagiert hätte, wäre sie jetzt tot. Das war ihr vollkommen klar. Sie stand erneut in seiner Schuld. Giri.

Mit einem zusammengerollten nassen Handtuch, ihr Gesicht kühlend, verließ Miko das Badezimmer.

Sie fand Mick tatsächlich im Bett vor, als sie wieder in sein Zimmer trat. Er starrte geistesabwesend an die Decke.

„Tintenklecks?"

Mick sah sie an.

„Du bist hier bei mir, ja?"

Er nickte leicht.

„Laß die Bilder in deinem Kopf los. Es gibt nur hier und jetzt."

„Ja", kam knapp seine Reaktion.

Miko nahm sein Telefon, das er ordentlich auf seinen Nachtisch gelegt hatte.

„Gut. Ich führe noch ein kurzes Gespräch, dann bin ich bei dir."

Wieder nickte er nur.

Bereits die Nummer wählend, ging sie nach unten.

Trotz der späten Stunde wurde nach dem zweiten Läuten abgehoben.

Auf Japanisch informierte sie den Mann am Telefon über die beiden Leichen, die eine im Haus und die andere auf der gegenüberliegenden Seite des Tales. Sie erklärte, daß sie die Tür nicht abschließen würde, damit die Männer das Haus betreten könnten. Dann beendete sie das Gespräch, während sie bereits den Schlüssel im Schloß der Haustür herumdrehte.

Sie ging ins Wohnzimmer und blieb vor dem Toten stehen. Mick hatte mit allen fünf Schüssen seiner ersten Salve getroffen, nur nicht sonderlich gut. Zwei Schuß in die Schulter, einer in den Lungenflügel und zwei in den Bauch. Das hatte den Mann nicht getötet und in der Tat wäre es möglich gewesen, daß er mit diesen Verletzungen noch einmal angegriffen hätte. Die zwei Schuß aus nächster Nähe in den Kopf hatten dem Ganzen dann ein definitives Ende bereitet. Sie hätte Mick diese Entschlossenheit nie zugetraut. Aus der Distanz im Reflex auf den Körper des Mannes zu schießen, war eine Sache. Aber aus nächster Nähe zwei Schuß in das Gesicht eines Menschen abzufeuern, dazu gehörte schon einiges. Er hatte sie in akuter Gefahr gesehen und hatte, sie schützend, ohne Zögern entschlossen gehandelt. Miko war beeindruckt. Ihr Tintenklecks hatte die Courage eines Samurai gezeigt. Sie war unglaublich stolz auf ihn. Und sie wußte, daß er damit die höchste Anerkennung ihrer Familie erhalten würde.

Sie lächelte. Vielleicht hatte er ja die edlen Ritter in seinen Geschichten doch nicht erfunden. Dann hob sie die Pistole auf und sicherte sie, ging in die Werkstatt am Ende des Ganges und zog die Packung mit der Munition aus ihrem Versteck hervor. Sorgfältig füllte sie das Magazin auf und schob es zurück in die Waffe. Zurück im Wohnzimmer brachte sie sie wieder an der Unterseite der Schublade an. Noch einmal schaute sie auf den Toten.

Das Handtuch wendend, verließ sie dann den Raum und ging wieder nach oben. Das Licht ließ sie brennen.

Oben begab sie sich wieder in Micks Zimmer und kniete sich

neben ihm auf das Bett.

Er sah das Handtuch und seine Hand griff nach ihrem Arm, zog ihn sacht nach unten.

„Miko, du bist doch verletzt."

Seine Stimme klang matt.

„Mach dir keine Sorgen, Tintenklecks, das ist nichts weiter", log sie ihn an.

„Jetzt versuch dich zu entspannen."

Über ihn gebeugt legte sie ihre Hand auf sein Haupt und sah ihm tief in die Augen.

„Meine kleine Miko", sagte er leise und lächelte schwach.

„Still" hauchte sie.

Mick tauchte in ihre waldmoosgrünen Augen, fiel schwerelos ins Nichts. Die Anspannung, die sich wie die Fänge eines Greifvogels in seine Brust krallte, floß aus ihm. Wärme erfüllte ihn. Waldmoos um ihn herum. Seine Lider wurden schwer. Sein Bewußtsein verschmolz mit dem tiefen, dunklen Grün ihrer Augen und sank dann in wärmende Dunkelheit.

Vorsichtig kroch Miko von seinem Bett. Er schlief. Sie ging zur anderen Seite des Bettes, zog einen Stuhl heran und setzte sich. Den Blick wachsam auf ihn gerichtet, begann sie sich auf ihre eigene Verletzung zu konzentrieren und mit jahrhundertealten Meditationstechniken deren Heilung zu beschleunigen.

Zwei Stunden später vernahm sie das leise Öffnen der Haustür. Ein gedämpfter Ruf auf Japanisch drang nach oben. Sie ging aus dem Zimmer auf den Flur und bis zur Treppe. Leise gab sie eine Bestätigung zurück, dann ging sie wieder an Micks Bett. Mit dem Wissen, daß der Tote morgen früh nicht mehr da sein würde, fiel sie auf dem Stuhl sitzend in einen flachen Schlaf.

Licht drang durch dichten Nebel in sein Bewußtsein, dann leise Geräusche, eine Amsel, Wind in den Bäumen und Wind in seinem Haar. Sein Name wurde vom Wind herangetragen von weit her, wurde lauter und deutlicher.

„Tintenklecks."

Der Nebel riß auf und er blickte direkt in Mikos Gesicht über ihm. Ihre Finger spielten mit seinen Haaren.

„Kein Wind", hauchte er letzte Fetzen seines Traumes loslassend.

„Wind?"

„Du warst der Wind in meinen Haaren."

Verständnislos und besorgt sah sie ihn an.

„Traum", kam knapp seine Erklärung.

Miko nickte. Ihr Tintenklecks war noch immer mental erschöpft und wirkte abwesend.

Sie war besorgt. Es galt, ihn schnell wieder zurückzuholen.

In diesem Moment bemerkte er den Bluterguß in ihrem Gesicht. Er streckte seine Hand aus, um Mikos Wange zu berühren. Blitzschnell fing sie diese ab.

„Besser du faßt das nicht an, sonst siehst du gleich genauso aus."

„Meine Miko."

„Ja, schon gut. Es ist nicht weiter schlimm. So sieht es halt aus, wenn man gegen einen entgegenkommenden Baseballschläger läuft."

Energisch hob sie dann an und beraubte ihn weiterer Möglichkeiten für Mitleid: „So, mein Tintenklecks."

Er sah sie von unten an.

„Hör mir genau zu. Du stellst dir jetzt vor, daß du das, was gestern passiert ist, in eine kleine Kiste legst. Ja? Hast du?"

„Eine Kiste?"

„Ja, eine Kiste. Leg es hinein. Los!"

Einen Moment sah er sie fragend an. Ihr ernster Blick schien ihn dann jedoch dazu zu bewegen, ihrer Anweisung zu folgen.

„Gut. Ich habe es hineingelegt."

„Fein. Nun machst du den Deckel zu. Schön fest."

Sie konnte sehen, wie die Szene vor seinem geistigen Auge ablief. Dann nickte er.

„Nun stellst du die Kiste da drüben auf den Schrank und klebst einen Zettel drauf, auf dem ‚Später sortieren' steht. Das ist wichtig. Die Kiste steht nur vorübergehend dort, nicht zum Vergessen, sondern zum Hervorholen, wenn du später Zeit dafür hast."

„Ich habe den Zettel mit einer Reißzwecke befestigt, damit er nicht abfällt", sagte er in Gedanken und sah einige Zeit hinüber zum Schrank.

„Gut", sagte sie knapp. Dann packte sie ihn mit beiden Händen am Pyjama und zog ihn hoch, bis er vor ihr im Bett saß.

„Und jetzt wird aufgestanden. Ich habe uns Nudeln gekocht."

„Nudeln zum Frühstück?"

„Tintenklecks", sagte sie und schob mit dem Zeigefinger seine Nase zur Seite, bis er in Richtung Fenster blickte, wo die Sonne hoch am Firmament stand.

„Oh. Es ist bereits Mittag?"
„Ja, du hattest eine Extradosis Ruhe nötig."
Sie sprang aus dem Bett.
„Wenn ich dich erwische, daß du dich wieder hingelegt hast,
komme ich und erklär dir einige Nervenknoten!" Verschmitzt sah
sie ihn von der Tür an.
„Nur nicht das!", reagierte er und Miko registrierte es
aufmerksam. Ihr Tintenklecks war auf dem Weg zurück in die Welt.

Phil saß an seinem Schreibtisch, als der Pathologe in sein Büro
trat. Ohne Gruß ließ er sich auf dem Stuhl gegenüber nieder.
Nachdem er Phil einige Momente gemustert hatte, legte er zwei
Mappen auf den Tisch.
„Das hier ist der offizielle Bericht. Alle Entführer wurden durch
Schüsse des Sonderkommandos getötet. Und das ist der Bericht,
für dich, den Chief Superintendant und danach den Reißwolf."
„Ausgezeichnet, ich danke dir."
Der Pathologe zeigte keine Anstalten, das Büro zu verlassen.
„Ist noch etwas?"
„Ja."
Prüfend sah ihn Phil an.
„Es ist nicht wirklich relevant, da es ja im offiziellen Bericht nicht
auftaucht, aber zwischen dem, was du zu den tatsächlichen
Vorgängen angegeben hast und dem, was meine Untersuchung
ergeben hat, gibt es eine bemerkenswerte Diskrepanz."
„Ich verstehe nicht."
„Alle Männer starben durch eine Waffe mit einer äußerst scharfen
Klinge, vermutlich ein Schwert. Gut, mit einer Ausnahme. Ich habe
mir die Wunden genau angesehen. Und dabei ist mir etwas
aufgefallen. Wenn ich den Winkel betrachte, in dem die Hiebe
ausgeführt wurden, dann ergibt meine Rekonstruktion der
Position, von der aus diese geführt wurden, daß der Angreifer
kaum größer als 1,30 Meter war. Kannst du mir das erklären?"
Langsam legte Phil den Stift aus der Hand und ließ sich in seinem
Stuhl nach hinten sinken.
Eine Zeitlang sah er sein Gegenüber an.
„Ich kann bestätigen, daß deine Erkenntnis korrekt ist, aber ich
kann dir keine Erklärung dafür geben."

Sie saßen gemeinsam auf der Couch einander gegenüber.
Sacht stupste Miko an Micks Fuß.

„Na, Tintenklecks. Wie geht es dir?"
Einige Minuten sah er sie nachdenklich an.

„Ich bin mir nicht sicher."
Miko legte den Kopf zur Seite, sagte jedoch nichts.

„Ich habe einen Menschen getötet, Miko."

„Oh, Moment. Wann haben wir denn die Kiste vom Schrank geholt und geöffnet?"

„Gerade eben. Es stand ja ‚später‘ dran, oder nicht?"

„Ja, aber ich hatte mehr an sehr viel später gedacht", entgegnete sie. „Willst du wirklich schon darüber reden?"

„Ja, ich komme sonst nicht klar."

„Gut" sagte sie betont. „Ja, du hast einen Menschen getötet. Aber hättest du es nicht getan, dann würde ich jetzt tot vor dem Kamin liegen und du vermutlich neben mir."

„Aber vielleicht waren die ersten Schüsse genug."

„Das herauszufinden, hätte uns beide unter Umständen das Leben gekostet", gab sie mit nüchterner Rationalität zu bedenken.
Er schwieg einen Moment.

„Er war verletzt."

„Er war gefährlich", konterte sie sofort sein Argument.
Sein Blick ruhte nachdenklich auf ihr.

„Tintenklecks, du betrachtest die Situation von der falschen Seite. Das war ganz anders in dem Moment, in dem du gehandelt hast."
Mick schien ihr noch nicht folgen zu können.

„Versetz dich noch einmal in genau den Augenblick, als du vor ihm gestanden hast. Die Sekunde, bevor du ihm die zwei Kugeln in den Kopf verpaßt hast."
Sie sah, wie er sich die Situation vor sein geistiges Auge rief.

„Was hast du in genau diesem Moment gefühlt, Tintenklecks?"

„Miko schützen", kam prompt die Antwort.

„Oh, das klingt sehr präzise. Was waren denn die Optionen?"
Miko wurde wieder einmal zum Inquisitor. Nicht minder zielsicher, wie sie ihre Wurfsterne platzierte, trafen ihre Fragen.

„Warten, ob er sich tatsächlich erhebt, noch einmal angreift oder auf ihn schießen."

„Wie denkst du, wäre ein erneuter Angriff abgelaufen?"

„Er wäre sicher aufgesprungen."

„Ja. Und?"
Mick war anzusehen, daß er das Szenario in Gedanken durchspielte.
„Seine erste Aktion wäre gewesen, meine Waffe zu greifen."
„Ah. Und? Wäre ihm das gelungen?"
„Durch den Überraschungseffekt bestimmt."
„Muß ich weiter fragen?"
„Nein. Er hätte uns beide sofort erschossen."
„Denke ich auch. Ist Option eins also wirklich eine Option gewesen?"
Er holte tief Luft.
„Nein."
Sie nickte.
„Ist die Kiste jetzt leer?"
Minuten sah er ihr direkt in die Augen. Dann schließlich nickte er.
„Und hast du mich wirklich für diese Erkenntnis benötigt?"
„Ja", antwortete er ohne Verzögerung.
Miko hob den Kopf.
„Na gut. Fühlst du dich jetzt wenigstens besser?"
„Ein wenig."
„Nun komm, gibt dir etwas mehr Mühe. Weißt du, es ist für mich auch nicht einfach, jemanden vor mir sitzen zu haben, der aussieht, wie mein Tintenklecks, es aber nicht wirklich ist."
Unvermittelt mußte er lächeln.
„Wie ist denn dein Tintenklecks?"
„Na, er würde sich tierisch darüber aufregen, daß ich sein Office Space T-Shirt beim Kochen mit Tomatensoße bekleckert habe."
„Du hast mein Office Space ...", er beugte sich unerwartet schnell vor, griff ihre Füße und zog sie zu sich.
Miko war vor Lachen außerstande sich zu wehren. So gelang es Mick, ihre Nase zwischen Zeige- und Mittelfinger zu nehmen und daran zu ziehen.
„...dT-Shirt mit Tomate besudelt?"
„Au, verdammt. Nicht die Nase!"
Sie stieß ihn zurück, nicht heftig, jedoch vehement.
Mick wich zurück.
„Dort hat mich doch der Typ erwischt."
„Oh, Miko. Das tut mir leid. Ist alles okay. Ich wollte das nicht."
Entsetzt und voller Schuldgefühl sah er sie an.
„Ja, ja. Schon gut, Tintenklecks. Ist doch nichts passiert."

Sie rieb sich die Nase.

„Bist du sicher?"

„Hallo? Sehe ich vielleicht so aus, als würde ich nicht einschätzen können, ob mir etwas fehlt?"

Sie sah ihn mit großen Augen vorwurfsvoll an.

„Eher nicht."

„Genau."

Ein leichter Schlag, kaum mehr als eine Finte, traf ihn am Bauch.

„Und dein T-Shirt liegt friedlich im Schrank. Nach deinem Rüffel letztens trau ich mich kaum noch, die Dinger anzusehen."

„Das ist auch besser so. Ich habe immer noch Duct Tape."

Sie grinste breit.

„Mein Tintenklecks ist wieder da!"

„Ja, und sein Duct Tape auch."

Jetzt schnappte sie sich seine Nase und zog ihn zu sich heran.

„Und wenn der Kerl sich noch einmal in sich selbst verkriecht, werde ich ihn so lange verprügeln, bis er keinen Platz mehr zum Verkriechen findet, der nicht höllisch schmerzt. Besser du merkst dir das!"

„Zumindest werde ich mich nicht mehr ohne Rüstung verkriechen."

„Du glaubst doch nicht im Ernst, daß mich eine Rüstung aufhalten könnte?"

„Laß mir wenigstens die Hoffnung", näselte er.

„Oh nein, Tintenklecks. Bei diesem Thema laß ich so viel Luft dran."

Sie gab seine Nase frei und vor Micks Augen tanzten ihr fest aufeinander gepreßter Daumen und Zeigefinger.

„Nicht so viel!"

„Fein, fein", sagte er und sprang auf. „Einen Moment."

Damit verschwand er kurz in der Küche und kehrte nach wenigen Sekunden mit einem Suppenlöffel in der Hand zurück. Demonstrativ legte er ihn auf den Couchtisch. Dann setzte er sich neben sie.

„So und nun solltest du deinen Tintenklecks zur Feier seiner Rückkehr zwingend einmal drücken."

Sein Blick flog kurz zum Löffel.

„Die üblichen Konditionen dafür werden natürlich berücksichtigt. Sie dürfen beginnen, Madame."

Sie verleierte kopfschüttelnd die Augen.

„Du bist in der Tat zurück, Tintenklecks.“
Damit umarmte sie ihn für kaum mehr als fünf Sekunden, sprang dann auf und nahm den Löffel vom Tisch.

Sie setzte ihn theatralisch auf Micks Brust und sagte: „Ich finde, er ist noch viel zu scharfkantig. Vielleicht sollte ich auf die alte Kelle umsteigen.“

Damit verließ sie löffelschwingend den Raum.

Als sie zurückkehrte, setzte sie sich wieder ihm gegenüber auf die Couch. Sie schenkte ihm ein flüchtiges Lächeln, dann wurde ihr Gesicht ernst und sie blickte nachdenklich in den Raum. Mick beobachtete sie. Nach einiger Zeit fragte er vorsichtig: „Was hast du?“

Aus ihren Gedanken gerissen, traf ihn ihr Blick. Einige Sekunden sah sie ihn schweigend an, dann sagte sie: „Ich verstehe nicht, warum ich den Mann nicht bemerkt habe.“

„Er tauchte aus dem Nichts auf.“

„Nein, du verstehst nicht, Tintenklecks. Man kann die Aura eines anderen wahrnehmen. Es bedarf intensiven Trainings, aber es ist möglich. Aber ich habe ihn nicht wahrgenommen. Ich muß unbedingt mit meinem Sensei reden.“

„Deinem Sensei?“

„Mein Meister, der mich trainiert.“

„Das ist sehr wichtig für dich?“

Sie sah ihn an.

„Ja, ich habe in einem essenziellen Punkt komplett versagt und es hätte uns beiden um ein Haar das Leben gekostet. Das darf nie wieder geschehen. Darum muß ich herausfinden, wieso das passieren konnte. Bei einem Ninja als Gegner, wäre es verständlich. Ein Ninja weiß, wie man seine Aura verbirgt, aber dieser Mann war kein Ninja.“

Mick konnte ihr ansehen, wie sehr sie diese Frage beschäftigte. Selten hatte er ihr Kindergesicht so ernst, so erwachsen gesehen.

„Dann sollten wir unbedingt zu ihm fahren. Ist er in Edinburgh?“

Ihr Gesicht hellte sich bei seinem Vorschlag sichtbar auf.

„Du sorgst dich ja richtig um mich, Tintenklecks.“

Sie lächelte.

„Selbstverständlich tue ich das.“

Ihre Füße stupsten die seinen an.

„Laß uns morgen nach Edinburgh fahren. Ich weiß, wo er zu finden ist.“

Ihr Blick fixierte unvermittelt das große CD-Rack links neben dem Bücherregal. Sie stand auf und ging hinüber. Mick sah ihr über die Schulter nach.

„Wieviel sind das, Tintenklecks?"

„Etwa siebenhundert."

Einen Laut ausstoßend, der wiedergab, wie beeindruckt sie war, sah sie zu ihm zurück.

„Wie lange hast du gebraucht, um die zusammenzutragen?"

„Oh, das dürften an die zwanzig Jahre sein."

„Dann ist die Hälfte davon ja älter als ich!"

„In der Tat, Rotznase."

„Und du kennst die alle? Ich meine, soviel Musik, hast du da noch den Überblick?"

„Selbstverständlich" antwortete er selbstsicher.

„Unglaublich."

Sie drehte den Kopf zur Seite und laß die Namen und Titel auf den Rücken der Hüllen.

Dann zog sie ziemlich weit unten eine CD heraus.

„Talk Talk? Das klingt interessant."

„Oh Vorsicht, Rotznase, ich bin da sehr empfindlich, mit meiner Sammlung. Einige Scheiben davon bekommt man heute nur noch für horrende Preise, wenn überhaupt."

„Ja, ja. Ich paß schon auf. Kann ich die mal anhören."

„Sicher, ich leg sie dir ein."

Er wollte sich erheben.

„Nein, bleib sitzen, ich mach das schon."

„Nein, bitte ... bei meiner Anlage bin ich noch empfindlicher."

Mick kam zu spät mit seinem Einwand. Schon war der Verstärker an und ihre Finger am CD-Player.

Verdutzt blickte sie auf das offene CD-Fach.

„Du mußt sie mit der Beschriftung nach unten einlegen. Das ist ein Plattenteller."

Ein fragender Blick traf ihn.

„Damit liegt die CD komplett auf und wird nicht nur in der Mitte gehalten. So kann sie an den Rändern bei der Drehung nicht schwingen. Das stellt eine hohe Klangqualität sicher."

„Ist ja schräg."

„Man nennt es hochwertig."

Sie schüttelte den Kopf und legte die CD vorsichtig ein. Ihre Hand wanderte zur Schublade, als wolle sie diese hineindrücken, hielt

jedoch inne, als sie hinter sich Mick laut Luft holen hörte.
Dann betätigte sie stattdessen die entsprechende Taste, um die Schublade einzufahren.
„Das war ganz knapp, Rotznase.“
Über die Schulter sah Miko zu ihm.
„Sonst was?“
„Dann wäre ich zum Berserker geworden und hätte dich, Ninja oder nicht, übers Knie gelegt und hätte dir den Hintern versohlt.“
Er bekam ein amüsiertes Kichern zur Antwort.
„Du hättest dir bestenfalls eine blutige Nase geholt, Tintenklecks!“
„Laß es nicht darauf ankommen!“
„Ist ja gut. Nichts passiert.“
Damit drückte sie die Play-Taste, nahm die Fernbedienung aus der Halterung am Hi-Fi-Rack und setzte sich wieder zu ihm auf die Couch.
Die Musik setzte ein und Miko lauschte interessiert. Als der Refrain begann, hob sie die Lautstärke an, ohne den Blick von der Anlage zu nehmen. Mick bemerkte, wie sich ihr Gesichtsausdruck änderte. Aus Neugier wurde zunehmend verwunderte Überraschung und dann begeistertes Staunen.
„Tintenklecks.“
„Ja?“
„Das ist ja total cool.“
Überrascht hob er die Brauen.
„Klingen alle Lieder von denen so?“
„Ein bißchen schon, aber auch wieder nicht. Die letzten Alben sind deutlich avantgardistischer.“
„Ich hätte nicht gedacht, daß Oldies so super sein können.“
„Oldies? Na hör mal, das ist Musik aus den Achtzigern.“
Ein fragender Blick traf ihn.
„Das war lange vor meiner Geburt, na klar sind das Oldies.“
Er schluckte.
„Hast du noch mehr von denen?“
„Alle fünf Studioalben.“
„Cool! Die will ich alle hören.“
„Nur zu. Ich höre sie gerade zu meinen neuen Kriminalgeschichten.“
Sie ging wieder zurück zum CD-Regal, nahm eine Talk Talk-CD nach der anderen heraus, betrachtete die Cover und schaute interessiert jedes Booklet an.

Mick beobachtete sie eine Weile und fühlte sich an sein eigenes Verhalten nach einer neuen musikalischen Entdeckung erinnert. Dann zog ein Klopfen am Fenster seine Aufmerksamkeit auf sich. Draußen winkte Phil heftig. Durch die Lautstärke der Musik hatte er weder das Fahrzeug noch die Klingel gehört.

„Miko, wir haben Besuch", er deutete zum Fenster und sie folgte seiner Geste.

„Ah, der Copper. Bleib sitzen, ich laß ihn herein."

Sie stoppte die Wiedergabe und ging zur Tür. Zurück im Wohnzimmer schob sie einen der Sessel am Kamin herüber und setzte sich selbst zu Mick auf die Couch. Ihr herausfordernder wachsamer Blick, der auf dem Gast haftete, machte Phil augenblicklich klar, daß sie nicht dort saß, um der Konversation zu folgen, sondern daß sie als Beschützerin ihres Tintenkleckses Position bezogen hatte.

Phils Augen lösten sich von Miko.

„Mick. Wie geht es dir? Ist alles in Ordnung?"

„Mach dir keine Sorgen, Phil."

„Was ist gestern hier geschehen? Und wo ist der Tote?"

Miko antwortete, bevor Mick reagieren konnte.

„Wir fanden ihn da auf dem Sessel nicht sehr dekorativ."

Phils Blick flog von Miko fragend zu seinem Freund.

Mit einer flüchtigen Geste hielt Mick Miko davon ab, weitere Kommentare abzugeben.

„Der Mann muß bereits im Haus gewesen sein, als wir kamen. Nach einiger Zeit, die wir hier im Wohnzimmer waren, wollte Miko in die Küche und da tauchte er mit einem Baseballschläger aus dem Flur auf und hat Miko am Kopf getroffen, wie du siehst."

Er deutete auf den Bluterguß auf ihrer Wange. Miko drehte den Kopf zur Seite und verbarg ihr Gesicht damit hinter ihren Haaren.

„Sie lag halb ohnmächtig dort vor dem Kamin und er setzte an, sie zu erschlagen."

Aufmerksam hörte Phil zu.

„Dann habe ich die Pistole genommen und auf ihn geschossen. Er fiel rücklinks auf den Sessel."

„Moment, die Pistole? Was für eine Pistole, Mick?"

„Eine Pistole eben, Copper", warf Miko ein.

„Ihr habt eine Pistole?"

„Nein, wir haben keine Pistole, sie hat sich in Micks Hand materialisiert und später wieder komplett aufgelöst." Miko sah den

Inspektor mit großen Augen und leicht erhobenen Händen an.

„Nun, ich hatte irgendwie eine Pistole", fuhr Mick fort und lenkte Phils Aufmerksamkeit wieder auf sich.

„Als der Mann sich dann bewegte, bekam ich Angst, er könnte doch noch einmal angreifen und habe zwei Schuß in seinen Kopf abgegeben."

„Du ... Du hast den Mann getötet?", Fassungslosigkeit spiegelte sich in Phils Gesicht.

„Ja, ich. Ich mußte Miko schützen. Verhafte mich, wenn du willst."

„Mick, ich will dich nicht verhaften. Aber du ... einen Menschen erschießen. Ich weiß gar nicht, was ich dazu sagen soll, Mick."

„Hey Copper, man nennt das Courage", warf Miko spitz ein.

„Nun, der Staatsanwalt würde es Mord im Affekt nennen", erwiderte Phil.

Mikos Augen verengten sich.

„Du solltest nicht vergessen, wenn du Mick mitnehmen willst, mußt du erst an mir vorbei. Mach mir das Vergnügen!"

„Miko, das reicht jetzt!", Mick hob die Stimme und sah sie ernst an. „Phil ist nicht unser Feind. Merk dir das ein für alle Mal."

Miko sah ihn einen Moment lang an, dann zog sie die Füße auf die Couch, schob sich gegen die Lehne und verschränkte die Arme. Trotzig sah sie Phil an.

„Was ist mit der Leiche passiert?", fragte dieser nach einigen Sekunden, in denen er versucht hatte, Mikos Blick standzuhalten.

„Sie ist weg und wird auch nicht wieder auftauchen. Mehr kann ich dir dazu nicht sagen."

„Ihr habt sie doch nicht etwa irgendwo hier vergraben."

Mit einem abschätzigen Kopfschütteln bewertete Miko seine Frage und drehte den Kopf zur Seite.

„Nein, Phil. Sie ist weg, weg von hier."

Phil rieb sich nachdenklich das Gesicht.

„Ich habe den Mann bisher in keinem Bericht erwähnt, aber ich gehe davon aus, daß es der Anführer war. Kann ich mich darauf verlassen, daß er nie wieder auftaucht?" Sein Blick ruhte auf Miko.

„Hör zu, Copper. Der Typ und alles was er bei sich hatte sind weg. Für immer und ewig weg. Das Einzige, was du von ihm vielleicht noch finden kannst, sind Spuren von seinem Blut in Micks Teppich da drüben. Aber da müßtest du schon ganz genau suchen." Miko hatte sich vorgebeugt und funkelte den Inspektor an.

Mick warf ihr einen strengen Blick zu und sie ließ sich gegen die

Lehne zurücksinken.

„Gut. Dann werde ich ihn auch weiterhin nicht erwähnen. Und was hast du mit dem Beobachter gemacht, Miko?" Phil sprach sie nun direkt an.

„Beobachter?", fragte Mick.

Miko ignorierte seinen Einwurf und antwortete: „Ich schätze, nach mir hat ihn der Anführer noch einmal befragt. Als ich ihn bei unserer Rückkehr fand, war seine Kehle durchgeschnitten. Und bevor du fragst, er ist auch weg, wie der andere."

Während sie sich wieder abwandte, sah sie Phil noch einige Sekunden schweigend an. Dann schließlich drehte er sich zu Mick und sagte: „Gut, dann muß ich für diesen Teil der Geschehnisse nichts erfinden."

„Wie hast du meine Befreiung erklärt? Ich meine, Miko hat ja ein Blutbad angerichtet. Das kann ich nach wie vor nicht gutheißen."

Als er antwortete, sah Phil zu Miko hinüber.

„Deine kleine Retterin hat instinktiv richtig gehandelt, Mick. Als wir den Tatort untersucht haben, fanden wir unter deinem Bett einen Sprengsatz. Einer der Männer hatte den Fernauslöser."

„Du meine Güte."

Miko, die sich nicht nur bestätigt fühlte, sondern auch eine gewisse Anerkennung in Phils Worten wahrnahm, schaute herüber, ihr Gesicht einen Hauch freundlicher. Sie glitt von der Couch und ging um Phil herum. Von der anderen Seite beugte sie sich ihm leicht entgegen und mit überlegenem Unterton sagte sie: „Mit deiner Spezialeinheit wäre Mick jetzt nicht hier."

Phil preßte die Lippen aufeinander, sah sie einige Sekunden an und nickte schließlich bedächtig.

Miko schien mit dieser Bestätigung zufrieden, wandte sich ab und ging hinüber zum Hi-Fi-Rack. Dort nahm sie den Kopfhörer von der Halterung an der Seite und schob den Klinkenstecker in die Buchse am Verstärker. Dann ließ sie sich im Schneidersitz vor der Anlage, die CD-Hülle in die Hand nehmend, nieder und zog das Booklet heraus. Als sie ansetzte, sich den Kopfhörer über die Ohren zu ziehen, rief ihr Mick zu: „Laut ja, aber nicht zu laut. Okay?"

Sie sah kurz über die Schulter zurück.

„Ja, ich werde es nicht übertreiben."

Damit setzte sie den Kopfhörer auf, schaltete die Musik an und tauchte in eine andere Welt.

Mick und Phil sahen noch einen Moment zu ihr.

Miko bewegte den Kopf zur Musik und schien den Text im Booklet mitzulesen. Die Männer hatte sie komplett ausgeblendet. Aus ihrer Sicht schien offensichtlich alles gesagt.

„Ihr Selbstbewußtsein scheint ja grenzenlos zu sein", bemerkte Phil.

„In der Tat."

Er sah seinen Freund an, dann fragte er ernst: „Was ist gestern hier geschehen? Du warst nicht freiwillig allein am Haus der Entführer."

„Oh, haben mich die Handschellen am Lenkrad verraten?"

„Phil, was hat sie mit dir angestellt, damit du sie zu mir bringst?"

„Ach Mick, spielt das denn noch eine Rolle?"

„Für mich schon, du bist mein Freund und wenn sie dich nicht so behandelt hat, werde ich mit ihr darüber reden."

Auf Phils Gesicht zeichnete sich ein wehmütiges Lächeln ab.

„Sagen wir es so, sie hat dem Copper, wie sie mich ja zu nennen pflegt, die gleiche Begrüßungszeremonie angedeihen lassen, wie dir an eurem ersten Abend."

Micks Augen verengten sich.

„Sie hat dich ...", er stockte, nach dem passenden Wort suchend.

Phil beendete den Satz für ihn: „... kräftig vermöbelt."

Mick wollte aufspringen, doch Phil hielt ihn mit einem leichten Kopfschütteln zurück. Ein flüchtiges Lächeln umspielte seine Lippen.

„Laß sie. Sie hat nicht deinen Freund verprügelt, sondern den Copper, der ihr im Weg stand. Es ging nicht darum, mir wehzutun. Alles was für sie in diesem Moment von Bedeutung war, warst einzig du. Mick, die Kleine hat dich richtig lieb. Als ich ihr berichtete, daß du entführt wurdest, gab es für sie nur noch ein Ziel, dich umgehend zu retten. Und du kennst sie besser als ich und weißt, wie konsequent sie vorgeht, wenn es eine Aufgabe zu erfüllen gilt. Ich stellte einen Widerstand dar, der gebrochen werden mußte."

„Phil, du nimmst sie auch noch in Schutz?!"

„Kann ich ihr denn vorwerfen, daß sie alles für deine Rettung getan hat? Und wie sie treffend bemerkt hat, ohne sie wärst du jetzt nicht hier."

Mick sah ihn unschlüssig, was er entgegnen sollte, an.

Sein Freund indes schaute zu Miko. Sie bewegte rhythmisch den Kopf und schien lautlos mitzusingen. Daß die beiden Männer sie

dabei beobachten könnten, schien sie nicht im Mindesten zu
berühren.

„Was hört sie da eigentlich?"

„Sie hat heute Vormittag Talk Talk für sich entdeckt."

„Nein! Wirklich? Die haben ihr letztes Album dreizehn Jahre vor
ihrer Geburt herausgebracht. Das ist ja bemerkenswert. Man hat
immer den Eindruck, die Kids von heute hätten keinen Sinn mehr
für richtig gute Musik."

„Talk Talk ist eben zeitlos und das scheint sie heute erkannt zu
haben. Ihrer Reaktion nach war es eine Offenbarung."

Beide beobachteten sie noch einen Moment, dann kehrte Mick zu
ihrem ursprünglichen Thema zurück.

„Ich bin trotzdem wütend, wie sie dich behandelt hat, Phil."

„Mick, hör zu. Vergiß das einfach. Ich habe kein Problem damit
und so solltest du auch keines daraus machen. Letztlich hat sie
mir in Erinnerung gerufen, daß ich kein unbesiegbarer Supercop
bin und meine Gegner nie unterschätzen darf." Nach einer Pause
fügte er noch verschmitzt hinzu: „Auch wenn es nur eine Göre ist."

Er grinste seinen Freund an. Dieser riß die Augen auf.

„Laß sie das bloß nicht hören. Auf Göre reagiert sie äußerst
empfindlich."

Beide lachten.

Miko drehte sich herum, musterte die Gesichter der beiden
Männer, ohne daß diese ihre Bewegung wahrgenommen hatten.
Offensichtlich zufrieden mit dem, was sie aus den Gesichtern
gelesen hatte, widmete sie sich wieder ganz der Musik.

„Ich staune, daß du sie an deine HiFi-Anlage läßt. Die darf ja sonst
nicht einmal ich bedienen", merkte Phil an.

Mick lächelte.

„Miko hat das Haus vollends okkupiert. An Besitzverhältnisse
verschwendet sie keine Gedanken. Persönliche Heiligtümer werden
jedoch anerkannt und geachtet. Insofern habe ich den Versuch, sie
von der Benutzung der Anlage abzuhalten schnell wieder
aufgegeben und ihr stattdessen klargemacht, daß sie diese mit
Samthandschuhen zu bedienen hat."

„Und du denkst, sie wird das beherzigen?", fragte Phil skeptisch.

„Unbedingt. Miko hat sehr hohe moralische Standards, auch was
diese Dinge angeht."

„Hohe moralische Standards", wiederholte Phil und sah Mick
zweifelnd an. „Ihr Auftreten bei deiner Befreiung deutet nicht

gerade darauf hin.“

Mick hob die Hände.

„Doch, genau das tut es, auch wenn es dem ersten Anschein nach nicht diesen Eindruck erweckt.“

„Das solltest du mir jetzt aber erklären.“

„Miko tötet nicht leichtfertig. Sie ist sich der Schwere einer solchen Tat sehr genau bewußt. Und sie sieht es nicht als schnelle bequeme Lösung. Aber wenn jemand Leib oder Leben eines anderen bedroht, dann hat dieser in ihren Augen sein Recht auf Unversehrtheit verwirkt. Dann steht der Schutz der anderen Person über diesem Recht.“

„Das klingt ein bißchen nach Robin Hood, beschütze die Schwachen, aber gar nicht nach Ninjas.“

„Nun ich denke, wir leben nicht mehr im Zeitalter des feudalen Japans. Auch Ninjas können ihre moralischen Ansprüche ändern.“

„Das mag ja sein, aber dennoch bewegt sie sich auf sehr dünnem Eis, mit ihren Eingriffen in meine Polizeiarbeit.“

„Und löst deine Fälle, Copper!“, den Kopfhörer um den Hals hängend, hatte sich Miko herumgedreht und sah den Mann herausfordern an.

Einen Moment schaute sie Phil sprachlos an. Dann faßte er sich und antwortete spitz: „Worauf ich dann eure beiden Hintern retten muß.“

„Alles hat seinen Preis“, kommentierte Miko lapidar und zog sich die Kopfhörer wieder über die Ohren.

Mick zuckte mit den Schultern: „Eine Hand wäscht die andere, wollte sie damit wohl sagen.“

„Ja und meine Hand wird euch beiden noch den Hintern versohlen.

Vor der Anlage kicherte Miko belustigt: „Wer hier wen verdrischt, hast du gestern gesehen, Copper.“

Ihr Finger drückte die Wiedergabetaste.

Mick schmunzelte.

„Falsche Wortwahl, Phil.“

„Ihr zwei seid wirklich wie Strumpf und Latsch. Was habe ich nur angerichtet?“ Er hob beschwörend die Hände.

„Etwas ganz Wunderbares. Und dafür bin ich dir dankbar, Phil.“

Die beiden Freunde sahen sich einander deutend an.

„Nun, ich hoffe es“, sagte Phil dann und erhob sich. „Gut, ich muß wieder los.“

Nach einer kurzen Pause fügte er leise hinzu: „Und hinter euch her kehren."

Mick brachte ihn zur Tür und Phil hielt noch einmal inne.

„Du bist okay, mein Freund?"

„Ja, mach dir keine Sorgen. Miko kann nicht nur kämpfen, sondern auch die Seele heilen."

„Dieses kleine mysteriöse Kind", Phil schüttelte den Kopf.

„Ein Geschenk von unschätzbarem Wert, das du in mein Leben gebracht hast."

Phil preßte die Lippen aufeinander, sah ihn noch für Augenblicke an, nickte ihm dann zu und verabschiedete sich.

An den Türrahmen gelehnt sah ihm Mick nach, bis er sein Grundstück verlassen hatte.

Als er dann ins Wohnzimmer zurückkehrte, saß Miko auf der Couch und sah ihn erwartungsvoll an.

„Was?", sagte er.

„Und hat er sich bitterlich beklagt, wie ich ihn gestern behandelt habe?"

Mick ging langsam zur Couch, setzte sich und schwang die Füße hoch. Ihr nun gegenüber, sah er sie einen Augenblick lang an.

„Nein, im Gegenteil. Er hat dich in Schutz genommen und mir nicht ein Detail erzählt."

Überrascht blickte sie ihn an.

„Ehrlich?"

„Ja, ganz ehrlich."

Er sah ihr an, daß sie offensichtlich beeindruckt war.

„Siehst du jetzt vielleicht langsam ein, daß Phil nicht dein Feind ist?", fragte Mick eindringlich.

„Das habe ich nie gesagt."

„Aber du verhältst dich ihm gegenüber aggressiv. Vergiß nicht, daß er keine Schuld am Tod deiner Familie trägt. Er hat keinen Fehler begangen, der dazu geführt hat. Und es war Phil, der dich aus dem Visier der Franconis genommen hat."

„Ja", antwortete sie etwas kleinlaut, fügte dann jedoch gleich hinzu: „Aber wir müssen andauernd seine Fälle lösen."

„Ah, du denkst er ist ein schlechter Polizist? Nun, vielleicht kommt das, weil du nur die wenigen Fälle siehst, bei denen er Rat sucht."

„Hat er denn noch andere?"

„Ja. Er ist nur niemand, der damit rumprahlt, wie toll er sei. In dem

Punkt ist er dir nämlich sehr ähnlich. Er erfüllt seine Pflicht und sieht es als ganz normal an. Giri, oder?"

Es war ihr anzusehen, daß sich in ihrem Kopf die Gedanken jagten. Einige Zeit dauerte es, bis sie antwortete.

„Ja, Giri ... irgendwie."

„Gut", Mick nickte, „willst du dann ab sofort versuchen, ihm freundlicher zu begegnen? Es tut mir nämlich weh, wenn mein Freund so behandelt wird."

„Ja", kam knapp und mit einem gewissen Widerwillen ihre Antwort.

„War das ein ehrliches Ja?"

„Ja, war es!", fauchte sie.

Er musterte sie noch einen Moment und kam zu dem Schluß, daß sie noch keineswegs von Phils Fähigkeiten überzeugt war. Eine Idee kam ihm in den Sinn. Er lächelte leicht, dann stupste er gegen ihre Füße.

„Hinter den Kochtöpfen im Küchenschrank liegt noch eine Tafel Schokolade", sagte er konspirativ.

„Meine!", rief sie und sprang auf.

Schon war sie aus dem Raum. In der Küche klapperte es, dann kam sie wieder.

Neben Mick blieb sie stehen, die Verpackung war bereits offen.

Mit verdrießlichem Gesicht brach sie die Tafel in zwei unterschiedlich große Teile und reichte ihm den größeren von beiden.

„Versprochen ist versprochen, Tintenklecks."

Dann sprang sie zurück auf ihre Seite der Couch.

„Aber gern gebe ich dir das nicht ab, das kannst du wissen!"

Damit verschwand die Hälfte von ihrer Schokolade in ihrem Mund. Mick lachte.

„Ja, ich weiß. Und umso besser schmeckt sie mir."

Sie trat gegen seinen Fuß.

„Tintenklecks!"

„Rotznase!"

Mick folgte mit dem Blick einem langen Balken, der gerade vom Kran über das Haus nach hinten zum entstehenden Dojo schwebte, während er am Wagen auf Miko wartete.

Die Haustür hinter sich zuschlagend kam sie nun mit einem länglichen Paket, eingewickelt in eine Decke, zu ihm gerannt. Miko wirkte gleichermaßen fröhlich wie aufgeregt. Das Treffen mit ihrem Sensei war zweifelsohne von großer Bedeutung für sie.

„Was ist das?“, fragte Mick und wies mit dem Kopf auf das Paket in ihrer Hand.

„Ich muß ihm unbedingt meine neuen Schwerter zeigen“, antwortete sie begeistert.

„Gut. Dann laß uns aufbrechen.“

Er öffnete ihr die Tür.

Während der Fahrt fragte Miko: „Ist es okay für dich, wenn ich mit dem Sensei abspreche, wie wir mein Training organisieren?“

„Kein Problem, aber ich möchte Teil dieser Abstimmung sein.“

„Oh“, kam es vom Beifahrersitz.

„Was?“

„Der Sensei spricht nur Japanisch.“

Er sah kurz zu ihr herüber.

„Ich muß ja nicht bei eurer Diskussion über die Details mitreden. Mir reicht, wenn du mir euer Ergebnis mitteilst und ich sehe, ob ich dem zustimmen kann.“

„Können wir so machen“, entgegnete sie. Dann hob sie nach einem Augenblick erneut an.

„Du, Tintenklecks?“

„Ja, Rotznase.“

„Das wird alles sicher eine ganze Weile dauern.“

„Du meinst, es lohnt sich nicht, daß ich bei dir warte.“

„Genau. Du könntest dich mit Phil treffen.“

„Und mir einen neuen Fall einfangen?“

„Vielleicht besser erst einmal nicht“, sie grinste verlegen.

„Moment mal, hast du da eben statt ‚dein Copperfreund‘ nur Phil gesagt?“

„Schön, daß es dir aufgefallen ist.“

„War das ein Versprecher oder hat mein ernstes Gespräch von gestern gewirkt?“

„Es war kein Versprecher“, kam kleinlaut von Miko.

„Oh, dann sollte ich öfter mit dir ernste Gespräche führen.“

„Es war doch ein Versprecher“, korrigierte sie und sah ihn mit zusammengekniffenen Augen an.

„Das Duct Tape liegt hinten im Wagen.“

„Ja, ja. Die Ampel ist übrigens seit fünf Sekunden grün.“

Das Dojo des Sensei befand sich im ersten Stock eines Hinterhofgebäudes. Mick begleitete Miko bis zum Eingang. Die Tür wurde auf Mikos rhythmisches Klopfen hin geöffnet. Ein Mann mit ergrauendem Haar, sein Alter schwer zu schätzen, doch vermutlich deutlich über die Fünfzig, stand in schlichter schwarzer Kleidung vor ihnen. Miko verneigte sich tief. Instinktiv folgte Mick ihrem Beispiel. Der Sensei erwiderte und ein intensiver Blick traf Mick. Das von tiefen Falten um den Mund geprägte Gesicht verriet nicht den leisesten Hauch einer Gefühlsregung. Mick war nicht in der Lage, den Augen dieses Mannes länger standzuhalten und sah nach unten.

Der Mann sagte etwas auf Japanisch. Miko antwortete und erhielt eine kurze befehlsartige Antwort. Ohne auf weitere Reaktionen zu warten, ging er in den saalartigen Raum.

Miko sah auf.

„Der Sensei möchte, daß du anwesend bist."

Sie zog die Schuhe aus.

„Ich bin nicht sicher, ob das eine gute Idee ist", äußerte Mick.

Ein ernster Blick von Miko traf ihn.

„Der Sensei stellt keine Bitten, Mick."

„Verstehe", entgegnete er, sah kurz nach innen in den mit Parkettboden ausgestatteten Saal und zog schließlich ebenfalls seine Schuhe aus.

Gemeinsam traten sie ein. Am anderen Ende des Raumes zur Linken befand sich eine Nische mit einem flachen Lacktisch. Der Sensei kniete dahinter. Als sie sich ihm näherten, sah er nun Mick an und lud ihn mit einer Geste ein, sich ihm gegenüber niederzulassen.

Ein kurzer Satz veranlaßte Miko durch eine offene Tür gleich neben ihnen zu verschwinden. Mick vernahm das leise Klappern von Geschirr. Mit einem Tablett kehrte Miko zurück und stellte Teeschalen auf den Tisch. Währenddessen ließ ihn der Sensei nicht aus den Augen. Sich erheblich unbehaglich fühlend suchte Mick Blickkontakt mit Miko. Doch sie zog sich zurück, bevor er damit Erfolg hatte.

Einen Moment lang ließ Mick den Blick im Raum kreisen, um den Augen des Sensei auszuweichen. Schließlich sah er ihn nun doch wieder direkt an. Die Schärfe und Intensität im Blick des Mannes war schier unerträglich. Doch Mick verspürte plötzlich das Verlangen, möglichst lange standzuhalten. Mit einer gewissen Sturheit wehrte er sich gegen den Drang wegzusehen. Obwohl es ihm wohl kaum länger als eine Minute gelang, kam ihm der Versuch wie eine Ewigkeit vor. Er mußte schließlich nachgeben und wendete den Blick ab. Miko erschien mit einer gußeisernen Kanne und goß grünen Tee ein.

Als sie sich neben Mick niedergelassen hatte, begann der Sensei das Gespräch. Mick, der kein Wort verstand, versuchte sich auf den Tonfall zu konzentrieren, um zumindest die Stimmung der Unterhaltung zu erkennen. Immer wieder sah ihn der Sensei für kurze Momente an.

Erst als sowohl der Sensei als auch Miko einen ersten Schluck Tee genommen hatten, nippte auch Mick an seiner Schale.

Die Unterhaltung verlief ruhig ohne erkennbare Emotionen. Dennoch fühlte sich Mick äußerst unwohl, ob der Präsenz des Sensei. Mit Mühe unterdrückte er, instinktiv zum Ausgang zu schauen. Und er war außerordentlich aufmerksam, nicht zuzulassen, daß der Sensei mental in ihn drang, wie Miko zuvor.

Auf einen Satz von Miko lachte der Sensei nun kurz und bedachte Mick mit einem von einem Lächeln untermalten Blick ohne jede Schärfe.

Mick sah zu Miko, die grinste, jedoch nicht den Inhalt des Wortwechsels preisgab.

Dann wurde die Unterhaltung wieder wie zuvor fortgesetzt.

Schließlich holte Miko die Schwerter aus dem Karton und übergab sie stolz dem Sensei. Dieser inspizierte sie eingehend, musterte die Klingen und schwang sie kurz neben sich die Luft zerschneidend. Dann gab er sie ihr mit einem anerkennenden Nicken zurück. Sie lächelte glücklich, darüber, daß der Sensei ihre gute Wahl honorierte. Einige Zeit später sprach Miko Mick an.

„Der Sensei wird ein Dojo in Stirling anmieten und ich werde dort vier Tage in der Woche trainieren. Er sieht dies als die unkomplizierteste Lösung an. Ich kann direkt von der Schule zu ihm gehen."

„Und dein Dojo bei uns?"

„Den brauche ich für die anderen drei Tage."

Er hob die Brauen.

„Ist das für dich in Ordnung?", fragte sie.

Mick zuckte die Schultern.

„Ja, durchaus. Es macht keinen Unterschied, ob ich dich an der Schule oder vom Dojo abhole."

Sie nickte lediglich und sprach wieder mit dem Sensei.

Wenige Minuten später erhob sie sich und signalisierte Mick, daß sie jetzt gehen würden.

Während Miko das Geschirr in den kleinen Nebenraum brachte, standen Mick und der Sensei auf.

Wieder trafen sich ihre Blicke. Doch die Augen des Sensei wirkten nun weniger stechend, wenngleich nicht minder prüfend.

Miko erschien wieder und mit einer Verneigung verabschiedeten sie sich.

Auf dem Weg zum Wagen zog sie ihn in einen kleinen Park und ließ sich auf dem Rasen nieder, Mick mit sich nach unten ziehend.

„Der Sensei mag dich", sagte sie unvermittelt.

„Ist das dein Ernst?"

Es fiel ihm auf, daß Miko viel entspannter wirkte, als seit der Attacke in ihrem Haus.

„Ja. Er hat dich geprüft und zudem habe ich von dir berichten müssen."

„Geprüft? Er hat mich aber nicht, wie du, ,schlafen' gelegt."

Sie lachte.

„Nein, der Sensei braucht diese Technik nicht. Er kann auch so in dir lesen und deine Aura spüren."

„Irgendwie fühl ich mich jetzt noch nachträglich nackt."

Miko schüttelte amüsiert den Kopf.

„Und warum habt ihr über mich gelacht? So war es doch, oder?"

Jetzt kicherte sie.

„Ich habe ihm erzählt, daß ich dich Tintenklecks nenne."

„Fein. Jetzt wird er ja ein schönes Bild von mir haben. Läßt sich von einer Elfjährigen mit lustigen Namen betiteln. Da bin ich nun ja wohl in seiner Achtung auf dem niedrigsten Punkt angekommen."

Sauer schob er die Unterlippe vor.

„Ganz und gar nicht. Er war amüsiert. Und er hat einen sehr guten Eindruck von dir."

Zweifelnd sah er sie von der Seite an.

„Er war beeindruckt, daß du es dir zugemutet und zugetraut hast, ein so eigensinniges Kind, wie mich, bei dir aufzunehmen."

„Ja, ich auch."

Ein leichter Hieb traf ihn an der Seite.

„Er war auch erstaunt, wie lange du seinem Blick standgehalten

hast.“
„So?“
„Ja. Es ist ein Zeichen von Entschlossenheit und Charakterstärke.“
„Oh“, entgegnete er überrascht und er empfand einen gewissen Stolz.
Dann sah er sie ernst an.
„Und hast du herausfinden können, warum du den Angreifer nicht gespürt hast? Deswegen waren wir ja hier.“
Sie nickte und blickte ihn einen Moment lang an, ehe sie antwortete.
„Ich war zu sehr auf dich fokussiert. Meine Sorge um dich hat meine ganze Konzentration auf dich gelenkt. Obwohl ich mir bewußt war, daß Gefahr drohte, nachdem ich den Mann drüben tot aufgefunden hatte, waren meine Sinne und Instinkte nur bei dir.“
Es rührte ihn, daß sie sich so um ihn sorgte.
„Und konnte er dir für die Zukunft helfen?“
„Ja, er hat mir dazu einen Rat gegeben.“
Sie spielte mit dem Gras.
„Dann ist die Welt für dich wieder in Ordnung?“
Miko lächelte und strahlte ihn mit ihren waldmoosgrünen Augen an. Es war das bezaubernde Lächeln eines Kindes.
„Gut, dann komm!“, rief er und sprang auf. „Wir müssen noch kurz bei Phil vorbei.“

Phil hatte sie im Foyer abgeholt und in sein Büro geführt. Als sie nun ihm gegenüber vor seinem Schreibtisch saßen, sagte Mick mit Blick auf die große Thermoskanne: „Willst du mir keinen Tee anbieten?“
Während Phil es liebte, in einem Café einen Cappuccino zu genießen, trank er auf Arbeit ausschließlich Schwarztee.
„Oh, ja. Natürlich“, entgegnete er und sah seinen Freund dennoch etwas verwundert an. Er war sich weder sicher, warum ihn dieser eigentlich besuchte, noch hatte er zuvor jemals nach Tee gefragt.
Als er sich erheben wollte, hielt ihn Mick mit einer Geste zurück.
„Miko, Phil hat dort im Schrank Tassen, kannst du mir bitte eine holen?“
Phil sah ihn fragend an, während Miko kommentarlos aufstand. Mick zwinkerte ihm zu und bedachte ihn mit einem dezenten Lächeln.
Als Miko den Schrank öffnete, standen dort im unteren Fach die

Tassen. Ihr Blick fiel unwillkürlich auf die zwei Fächer darüber. Sie hielt inne. Dort standen Pokale und Auszeichnungen.

Einige Augenblicke lang las Miko die Beschriftungen, dann drehte sie langsam den Kopf und sah erst lange zu Mick und dann zu Phil. Ohne etwas zu sagen, schloß sie den Schrank auffallend sorgsam und kam ohne Tasse zurück. Sie setzte sich schweigend und sah erneut abwechselnd die Männer an. Dann schließlich sagte sie mit ruhiger Stimme: „Du willst gar keinen Tee trinken, Mick."

Immer wenn sie äußerst ernst war, sprach sie ihn mit seinem Namen an.

„Ich habe verstanden. Der Sensei und du, ihr beide habt mich heute etwas gelehrt."

Phil sah Mick mit großen Augen an. Noch immer umspielte dessen Lippen ein leichtes Lächeln.

„Es tut mir leid, Copper ... Ich habe zu Unrecht geglaubt, du wärst ein schlechter Polizist. Die Auszeichnungen da im Schrank erhält man nicht umsonst."

Sie stand auf und hielt Phil die Hand entgegen.

Phil war einen Moment lang wie paralysiert. Dann erhob er sich in einer ungelenken Bewegung und griff ihre Hand.

„Schon gut, Miko. Wir hatten einfach einen schlechten Start."

Sie nickte und beide setzten sich wieder.

Phil, der seine Fassung wiedergewann, streckte die Hand aus und richtete bedrohlich seinen Finger auf sie. Sie sah ihn in Erwartung einer Moralpredigt an.

„Aber eins sage ich dir, ich habe mich so an den Copper gewöhnt, untersteh dich mich jetzt laufend Phil zu nennen!"

Er lachte herzhaft.

Miko war sich einen Augenblick lang nicht sicher, ob er sie auf den Arm nahm. Als auch Mick schmunzelte, reagierte sie prompt.

„Fein. Wenn du für diesen Fall auch eine Auszeichnung bekommst, lädst du uns zum Essen ein. Und ich meine keine billige Burger Bar, Copper!"

Mit einem Lächeln nickte Phil: „Ich denke, dazu benötige ich keine Auszeichnung. Aber das Essen solltest wohl eher du aus deinem Sparschwein bezahlen, denn deine wilde Befreiungsaktion hätte mich um ein Haar den Job gekostet."

„Oh, Phil, bitte nicht. Ihr Sparschwein hat die Form einer Kreditkarte mit meinem Namen drauf."

Mick hob beschwörend die Hände.

„Ich verstehe", erwiderte Phil und amüsierte sich über Mikos Blick, „dann sollten nur wir zwei in einem Restaurant der Tsukinos essen gehen und Miko arbeitet die Rechnung durch Abwaschen in der Küche ab."

„Dann wird es aber Kugelfisch geben. Ich bin gespannt, ob du den Mut hast, ihn zu essen, Copper."

Phil riß die Augen auf. Er war sich durchaus der Giftigkeit der Leber und Haut der Fische bewußt und daß nur erfahrene Köche diesen zubereiten konnten, ohne das Gift freizusetzen.

„Vielleicht bin ich doch mit einem Burger zufrieden."

„Feigling", kommentierte Miko.

„Ich denke, wir sollten jetzt aufbrechen und dich, um Miko zu zitieren, ein paar Taschendiebe fangen lassen", intervenierte Mick an dieser Stelle.

„Deine Zitate waren schon einmal besser, mein Freund. Die kleine", er sah demonstrativ zu Miko, „Göre hat einen schlechten Einfluß auf dich."

Zu Mick Erstaunen hielt sich Miko zurück und sah Phil lediglich mit zusammengekniffenen Augen an.

So erhob er sich und beide verabschiedeten sich von dem Inspektor.

Als sie am Wagen ankamen, drückte Mick ihr den Schlüssel in die Hand.

„Ich habe etwas vergessen. Warte hier, es dauert nur einen Moment. Ich muß noch einmal kurz zu Phil hinauf."

Am nächsten Vormittag trat Miko in Micks Arbeitszimmer. Als sie das Geräusch des Druckers wahrnahm, ging sie geradewegs zu dem Gerät, wartete bis alle Seiten ausgeworfen waren und schnappte sich das Manuskript. Sich in einen Sessel in der Ecke gegenüber dem Schreibtisch setzend begann sie zu lesen. Nach einer Weile sah sie zu dem geduldig wartenden Mick hinüber.

„Eine Elfjährige, die schwertschwingend sechs Männer erledigt. Damit kommst du bei deinem Editor nie durch, Tintenklecks. Aber die Schießübung des Schriftstellers ist beeindruckend.“

Sie grinste ihn an.

Er lächelte zurück.

Dann wurde sein Gesicht ernst.

„Miko“, hob er an, „Phil hat mir erzählt, du hast gedroht, ihn zu töten, wenn er sich nicht an deine Anweisungen hält. Ist das wahr?“

„Ja“, kam knapp die Antwort.

„Aber du hättest es nicht wirklich getan?“

Sie sah ihn lange an, bevor sie antwortete, und Mick war sich nicht sicher, ob ihre Auskunft ehrlich war.

„Nein, er ist dein Freund. Das hätte ich nicht tun können.“

Sie stand auf, legte ihm das Manuskript auf den Schreibtisch und verließ wortlos das Zimmer.

Wenn ein zurückgezogen lebender Schriftsteller und ein selbstsicheres elfjähriges Ninja-Mädchen unfreiwillig zu einem Team werden, sind Turbulenzen unvermeidbar. Zwei diametral unterschiedliche Welten und Weltansichten treffen aufeinander. Wird ein Miteinander des friedfertigen Schriftstellers und des auf Rache für die Ermordung ihrer Familie sinnenden Mädchens möglich sein?
Das erste Heft der Tintenklecks-Reihe.

Ein neues Abenteuer des ungleichen Teams.
Während Miko ihren Eigensinn und ihr Temperament auslebt und
Mick versucht seine neue Vaterrolle trotzdem auszufüllen,
beschäftigt die beiden ein offener Fall von Micks Freund Phil.
 Wird es Mick gelingen, den kleinen Wirbelwind unter Kontrolle zu
halten und können die beiden dem Inspektor helfen, seinen Fall zu
lösen?